삶창시선

KB211111

날혼

날혼

김
수
열

시
집

삶창

이순 지나 고희에 오르는 동안
어머니 가시고, 장인 장모님도 가셨다.

그리고 새로 가족이 된
손녀 리안의 앞날에 늘 건강과 웃음이 함께 했으면
좋겠다.

차례

1
부

대련(對聯)

고희 넘긴 촌로가 이르기를
최고의 음식은
두부와 오이와 생강과 나물이며
최상의 모임은
아비와 어미, 아들과 딸 그리고
손자들이라 말하니

고희 앞둔 중늙은이가 되받기를
최고의 음식은
마른 두부와 물외와 된장과 막걸리
최상의 모임은
아내와 나 그리고 나이를 잊은
술벗들이라 답한다

촌로는 섬이 모질다 하는데
중늙은이는 섬이 어질다 한다

오늘 하루

아무리

소리 질러도

뭐라 하지 않는

바다가 있어

그를 껴안은

노을이 있어

오늘 하루

그래도

살았다

버섯을 애도함

울울한 숲길에 들어
아름드리 소나무 그늘 지나는데
저만치 달걀 반쪽 같은 버섯 하나 언뜻 눈에 들어
솔가지 걷어내고 휴대폰 들이대는데

아,
버섯 모가지
그만 톡, 부러지고 만다

흠, 흠,
못 본 척 안 그런 척 잔가지 덮고
두리번두리번 자리에서 일어나
가던 길 재촉하는데

이름도 모르면서
먹는 건지 못 먹는 건지도 모르면서
괜한 서툰바치
소나무 위 까마귀가 지켜보는 것도 모르고

흠, 흠,
시침만 떼고 간다

운봉에서

주천에서 지리산 장길 너머
한때 해방구였던 예까지 오다

간밤 꿈결에
앞서간 벗 설핏 다녀가고

첫닭 울음에
바람 자고 비 그치니
동천은 고고하고 청정하다

묏등에 구름 걷히었으니
신발끈 매라 한다

실상사 풍경 멀고 맑으니
길 나서라 한다

술 안부

인천 사는 박 아무개 시인은
가끔 한밤중에 안부를 물어온다

보고 싶어서…… 택시 타고
가려고…… 좀 기다려 차비
없는데…… 이따 봐 끊어요

섬에 사는 내게 안부를 묻던 시인은
결국 택시를 타지 못했고
더는 술 안부도 묻지 않는다

모서리

두렵다
아픈 몸이 끌고 출근하라네
사람 취급 안 하네
가족들한테 미안해

타박상 후유증으로 병가 중이던
우체국 집배원이
짧은 유서와 가족을 남기고
세상을 버렸다

살아도 살아낼 수 없어
별이 되지 못한

그래서 하늘 모서리엔 별똥별이 많다

백일몽

미역 베러 왔소
낫은 어디 있남?

화들짝 놀라 선잠 깨보니 꿈이라
여섯 해 전 애비 따라 하늘로 간 큰놈이
저그 저 평상에 떠억하니 앉아 눈도 안 마주치고
미역밭만 그윽이 바라보는 거라
세상에

여든 문턱에 걸린 맹골죽도 김 씨 할머닌
녹아내린 관절 탓에 미역밭은 엄두도 내지 못하고
하마 큰놈 볼까 문지방 베고 다시 꿈길 나선다
낫 대신 지팡이 옆에 두고

겨울, 탑동

물마루에서 바람을 타고
갈치밭 자리밭 지나 탑동 원담 지나
동글동글 먹돌 겨드랑이 간질이며
또구르르 또구르르 밀물져 왔다가

해안 가득 하얀 포말 풀어놓고 다시
또구르르 또구르르 썰물져 가는
저녁놀이 숨 막히던 그 바당은 어디로 갔나

먹보말 돌킹이 조쿠쟁기 물토새기 구살 오분작
보들락 코생이 어랭이 객주리 물꾸럭 각재기

불러도 부르고픈 구수한 것들은 모두 어디로 갔나

돗줄레 삐쭉이 스프링조쟁이 돌붕어 줄락탁
뻴레기똥 심방말축 동녕바치 똥깅이 뽕똘

불러도 대답 없는 그리운 벗들은 지금 어디에 있나

이레착 저레착 바람은 뒈싸지고

싸락싸락 겨울비는 헤싸지고

중환자실 목숨처럼 바당은 아무 말이 없고

내게도 손이 있었으면

정처 없이 떠밀려온 것 같은데 문제는 심한 배고픔
이었다

눈깔이 뒤집힐 무렵 고등어 피 냄새가 어른거렸다

죽을힘을 다해 덥석 물었는데 아, 낚이고 만 것이다

고등어를 던진 그도 입에 풀칠이나 하자는 걸 모르
진 않지만

낚싯줄에 질질 끌려 머리통이 수면 위로 오르는 순간

둔탁한 소리가 들리더니 서서히 기억을 놓고 말았다

나무 방망이로 뒤통수를 내리친 것이다

한 번 더 맞은 것까지는 기억이 난다

내게도 손이 있었으면

하고 잠깐 생각한 것이 마지막이다

교동 블루스

강화 교동 출신 어느 시인은
나고 자란 동네 국민학교 마치고
팍팍한 십리 길 걸어 중학교 다녔다

아비가 된 젊은 남자는 전쟁 끝나면 돌아가자고
연백에서 교동으로 물살 따라 흘러들고 어쩌다
어미가 된 열 살 아래 주인집 처자와 정분날 때
낫살 많은 뜨내기한테 딸 줄 수 없다는
처갓집 무릅쓰고 머리 올려 신방 차렸다

중학교 졸업하고 교동 떠날 때까지
어린 동생 등에 지고 새참 머리에 이고
김치죽 좋아하는 소작농 아비의 논둑길에서 자랐다
부러진 팔뚝 시큰거리고 눈시울 뜨끈해질 때면
멀리 강화가 보이는 비릿한 외포리가 그리웠다
혓바닥에 눈발이 닿으면 더 좋았다
여린 싸대기 후려치면 얼얼해서 더욱 좋았다

'난 네가 정말 좋아'
손편지 주고 간 첫사랑 그 애만 아니었으면
몽글몽글 시고 단 것들, 벌린 치마폭 가득 안겨주던
집 앞 달짝지근한 살구나무만 아니었으면

죽산포 천마2호에 몸을 부리고 싶었다

날혼

급하다는 전갈 받고
요양병원으로 차를 몰았다
아침 여섯 시 반

방금 전 돌아가셨수다

어머니는 구석 침대에 가만히
하얗게 누워 계셨다

어머니
하고 부르면
와시냐
하고 대답할 것만 같은데
어머니
어머니

울어야 하는데
정말 울고 싶은데

이상하다
눈물이 돌지 않는다

고마웠수다
흰 손 잡아드렸다

차지 않다

아무도 묻지 않는다

조심조심 가만가만 어머니 손 잡고
골막국수 가서 마주 앉아 곱빼기 하나 시키면
알아서 주인은 여분 그릇이며 고기 자를 가위 갖다
주고

곱빼기에 든 면과 고기를 적당히 덜어 놓고
고기는 씹기 좋게 가위로 잘라 어머니 앞에 놓으면

너미 하다*
너미 하다

손사래 치며 내 그릇에 도로 덜어 넣고
그래도 아들 보는 맛에 한 그릇 달게 비우셨는데

오늘은 혼자 갔다
혼자인데도 아무도 안 묻는다
곱빼기 대신 보통을 시켰는데도 묻지 않는다
왜 같이 오지 않았냐고 묻지 않는다

얼마 전 벚꽃 필 때

어머니, 아버지 뵈러 먼 길 가셨다고

이젠 여분 그릇, 가위 안 줘도 된다고

입이 근질근질한데

하, 아무도 묻지 않는다

* '너무 많다'의 제주어.

집게

정작 집게는 안식할 집이 없다
보말 껍데기에 세 들어 살다가
몸집 커지면
몸에 맞는 집을 찾아 나서야 한다
몸이 꽉 끼는 여기서
그나마 돌아누울 여유 있는 저기로 옮기는
조간대의 신구간*이
그에게는 절체절명의 순간

한때 신칼을 잡았던 친구도
돌아보면 삶이 늘 그러했다

* 신구간(新舊間) : 제주도에서 대한(大寒) 후 5일에서 입춘(立春) 전 3일까지
약 일주일을 이르는 말. 이 기간에는 가신(家神)이 집을 비우므로 이사나 집
수리 등을 치러도 큰 탈이 없다 한다.

2

부

콩국

콩국은 열두 살 순임이

한시도 눈을 떼서는 안 된다
무를 썰거나 배추를 다듬으면서
한눈을 팔면 금세 넘쳐버린다

순임이는 어머니 눈을 보면서 자란다
부풀어 오를 때마다
화로 구멍을 반쯤 막거나
살살 저어 달래주어야 한다
그래도 가라앉지 않으면
따뜻한 온기 담아 후우후우 불면서
가만히 어루만져주어야 한다
국자로 저어서는 절대 안 된다

화로 앞에 앉아 콩국을 끓이실 때
지상의 모든 어머니는
가장 아픈 손가락을 먼저 생각한다

검등여*

추자섬 앞바다
바위 검어 검등여
만삭 해녀 배 타고 물질 가다
갑자기 산기 느껴

돌아가기엔 너무 멀어
검등여에 배 대고
동료 해녀들 손 빌려
순산을 했다는데

검등여라 그랬는지
검지도 않은데 한평생
검둥이라는 별명
달고 살았다

* 검등여 : 추자도 앞바다에 있는 여.

저녁노을

몰래 깨 팔아 동네 처자 원피스 사준 건 결혼 전 일이고

밭 칠십 마지기 있다고 뻥 쳐서 지금 할망 만나 머리 올리고

오십 년 넘게 살면서 빤스 한 장 손수건 한 장 받아본 적 없다며

잔솔가지 모질게 분질러 대는 할망한테,

이 몸이 귀한 선물인디 뭔 놈의 선물이 더 필요하냐며

저녁노을 모퉁이 돌아 스리슬쩍 사라지는 하르방 뒤통수에

붉으락푸르락 왜자기며 한 말씀 하신다

저놈의 술! 술! 술!

하이고, 천지신명은 어디 이신고?

무사 저 늙은 가죽은 안 모셩 감수가?

도새기나 강생이라시믄 오일장에 강 팔아불기라도 허켜마는……

내 말, 들엄수과?

똥을 꾸다

똥 안 가지고 온 놈들 당장 똥 담아 와!
조회 시간 선생님 불호령에 우리는
비 오는 밤이면 다리 없는 귀신이 나온다는
관사 옆 똥통으로 내달려
쪼그리고 앉아 용을 썼다

—으으읍! 안 나오멘, 넌?
—나오젠 허멘! 으으웃!
—넌 좋으켜…… 야, 똥 좀 꾸라

우리는 당당하게 똥 봉투를 냈고
똥 못 낸 놈들은 그날 똥통 청소를 했다

똥 검사 결과가 나오던 날
우리는 교실 청소함 대걸레 옆에 나란히 서서
주전자 주둥이에 입 대고 산토닌 한 줌 배불리 먹었다

관(棺)

입관 절차는 생각보다 까탈스런 것이어서

입관 통지서와 민증을 쥐고 줄을 서면 제복 차림 저승차사(대부분 비정규직 여성이다)가 입관자의 신원을 꼼꼼히 확인하고 문제없으면 붉은 연필로 체킹을 한다

다음은 염(殮)하는 차례인데 들고 온 부장품과 거추장스런 웃옷 벗어 X-Ray 통과해야 하고(이때 관과 함께 부장할 수 없는 물품에 유념해야 한다) 입관자는 또 다른 저승차사(이들도 대부분 비정규직 여성이다) 앞에 두 팔 벌리고 서서 염과 습을 거친다

시간 되면 다시 줄 서서 입관하게 되는데 관 속에서의 무료한 시간을 때우기 위해 취향에 맞는 신문을 골라 입관하는 경우가 있다 병마용갱처럼 자리 찾아 앉으면 파손되지 않도록 안전벨트를 매고 휴대폰은 입관 모드로 바꿔야 한다

관내 방송을 통해 또 다른 저승차사(대부분 정규직이다)의 틀에 박힌 추도사를 뒤로 하고 커다랗고 묵직한 관은 통곡을 하면서 지상을 박차고 구름밭 지나 천상으로 날아오른다(이때 기상 상태로 인해 관이 흔들릴 수 있으니 반드시 안전벨트를 매야 한다) 하지만 얼마 지나지 않아 구름밭 헤치고 다시 지상으로 가뿐하게 하관한다

하관 절차는 체크도 없고 염도 없어 생각보다 까탈스럽지 않다(국내용만 그렇다)

Tip : 제주에서 입관하고자 하는 자는 담배를 비롯한 여러 가지 부장품을 면세점에서 비교적 저렴한 가격에 구입할 수 있다

무근성 우영팟

어처구니없이 넘어간 무근성 옛집 우영팟
예전처럼 고추며 상추들 착하게 자라고 있다
빈집 되면 텃밭도 빈털터리가 되어
검질만 왕상할 줄 알았는데, 웬일인가
어머니 손 있을 때 자라던 그대로
어머니 없어도 기죽지 않고 으쌰으쌰
여리고 푸른 것들이 무럭무럭 자라고 있다

어머니가 왜 집을 떠났는지 물을까 하다가
혹시나 눈물 그렁그렁 속이 상할까 꾹 참고
곧 오겠지 틀림없이 오실 거야 생각하면서
다시 돌아올 어머니에게 예쁘게 보이려고
하얗고 노란 꽃망울 반짝반짝 피워 올리면서
바람 불면 고개 삐쭉 내밀어
이제나 오카 저제나 오카 주왁주왁 흔들리면서

양 가달

절물 편백숲에서 생태숲으로 나오는 샛길 걷는데
이 길도 그 길 저 길도 그 길 같아 잠시 망설이는데 마
침 마주 오는 아주머니 한 분 있어 길을 묻는다 그 아
주머니 위아래로 쓰윽 훑더니만 고사리 등짐 살짝 추
스르고 섬놈답지 않은 섬놈에게 조근조근 말씀하신다

저래 굳장 가당 보민 양 가달이 나옵니께 그디서 노
단착으로 호쏠 노려사민 질이 뵈려짐니께 혜천바레당
양 가달 넘어살 수 이시난양 멩심해사 해요 혼저 저래
굳장 가보세요

삼도리 해녀 대장

아버지 일찍 돌아가시고 물질하는 어머니 따라 육
지로 갔다 무근성 북국민학교 1학년에 떠나 평택호인
지 이리호인지 배 타고 부산 내려 울산 거쳐 감포국민
학교에 가서, 2년 후 지금은 폐교가 된 구룡포 석병국
민학교로 전학 갔다가 다시 북국민학교 3학년으로 돌
아왔다

"할매요" 하고
달려드는 어린 손자놈을 할망은
"하이고 요노무 새끼,
육짓아이 다 되어부러신게게, 하이고 요노무새끼"
하면서
토실토실한 엉덩이 토닥거려주었다

아들 데리고 원정 갔던 그 어머니, 오래전 물질 내려
놓고 옛말 하신다

하이고, 지금 나이가 여든일곱인가 여든아홉인가?

잘 모르커라 정신이 히어뜩허여, 그때 난 이미 죽어부
런, 몇 년 전인지도 모르커라 하이고, 일흔일곱인가 일
흔아홉 때 3월 15일 날 하이고, 저디 무사게 저디, 길
건너는 디, 그디서 교통사고 나신디 그때 난 이미 죽언,
그루후제 난 멍텅구리 바보가 돼부런

　삼도리 해녀 대장 강 씨 할망은 탑동 매립 반대 투쟁
당시 물옷 입고 비창 들고 맨 앞줄에 서 있었다

물꾸럭*

 탑 아래 먹돌바당 원담 돌틈 사이로 깊숙이 손 집어넣은 두린 것은
 윗도리가 젖는 줄도 모르고 한참을 낑낑대다가 휙,
 낚아챈 작은 손아귀엔 물꾸럭 다리 하나 꼬물거렸고
 아쉬운 대로 또래 동무들과 질겅질겅 고소하게 삼켰다

 야, 그 물꾸럭, 어디로 가신고?
 헤엄도 잘 치지 못 햄실 건디
 담고망 잘 촛아봐, 먼 디 가진 못해실 건디……

 허리춤 작은 망사리엔 조쿠쟁기 구살 몇 개
 벌거벗은 우리는 손수 만든 족대 소살을 팽팽히 당기고
 다리 어신 물꾸럭을 찾아 눈이 시벌게지도록 원담 돌구멍을 뒤졌다

* '문어'의 제주어.

기념사진

아흔여섯 쌍둥이 할망이 열다섯에 사진관 가서 찍은 갑장 모임 사진을 코앞에 두고 손가락으로 하나하나 짚으면서 오물오물 중얼중얼하신다

야이 죽고, 야이 죽고, 야이 죽고, 야인 임실이, 야이는 잘도 멋쟁이, 멋쟁인 데령 가지 말아사 허는디 임실이도 죽고, 야이도 야이도 죽고, 몬딱 죽어부렀구나, 하이고, 잘도 죽었져

저승차사는 멋쟁이도 데려갔는데 한평생 쫑까로 살아온 쌍둥이 할망은 아직 데려가지 않았다

금능리 원담

물때 되연 원담 왕 보난 거북이 들어앉앙 울고 이신
게 아니라?
옛날 하르방덜 말로는
거북이 들민 막걸리 사당 잘 대접허영 보내라는 말
이 이선
막걸리 대신 차롱에 이신 소주 멕이멍 솔솔 고랐주

울지 말라 거북이야, 울지 말라 거북이야
이 술 한 잔 받앙 기다렴시민 물이 드난
이 술 먹으멍 기다리당 물때 되민 먼 바당더레 가라
나강 원담더레 멜이나 고득 몰아와도라

사흘이나 지나신가
물때 되연 원담에 나강 보난
먼 바당에서 멜떼가 몰려오는디
원담 고득 은빛으로 멜이 들언
물 반 멜 반 멜이 들언, 하이고 세상에나!

게나저나 그 거북이 어떵 되어신고?

그루후젠 원 기별이 어서

할망바당

일고여덟에 어머니 물질 가믄 불턱 아래서 하올락 하올락 헤엄을 배우고 열두세 살에 어머니로부터 태왁 물려받아 열대여섯에 어머니 조롬 쫓아다니멍 물질을 배왔주 열일고여덟 나난 제라허게 물질 시작허연 마흔 넘어가난 중군 지나 상군 되었주

어머니넨 무명옷 입었뎬 허는디, 우린 광목으로 시작허연 고무옷 나오난 겨울철에도 춥지 안 허고 오래 물질 허여지고 납덩이 허리에 차난 바당 소곱도 잘 가지고 게난 망사리도 가득허고······

겐디 머리가 아파 죽게 아파, 뇌선 어시민 물에 들 수가 없어 처음엔 하나 먹다가 나중엔 두 개 세 개, 물에서 나왕도 또 먹고

이젠 동무룹 몬 녹아부난 밭일 설러분 진 오래 되고 경허여도 바당밭은 어떵어떵 댕겨점신게 동네 젊은 해녀들이 고치 들엉 도와주난, 보행기 의지허영 갯것이 강 할망바당에 들민 맘은 편안허여 이디저디 아픈 것

도 싹 잇어불고

하짓날

양지공원 그늘막

광목 치마 할망 양편으로

이마 주름 자글자글한 할망들 서넛, 부채질로 더위
달래는데

한 할망 핸드폰 요란하게 끄면서,

―아이고, 이노무 하르방 냉장고 문만 열민 먹을 거
천진디 그걸 못 춫아 먹엉……

―누게?

―누겐 누게우꽈, 우리 집 하르방이주

―메시꺼라, 이건 무신 말? 게난 이제도록 살안? 하
이고 선선허여

―게매 말이우다. 어떵허민 좋으코양?

―뭐센 고라도 이신 게 나신다, 생각해보라게 강생
이도 키왐시녜게?

―게매예

때마침 양지공원 확성기에선

몇 번 유해, 화장 끝났으니 유족들은 대기하라는
안내 방송이 반복해서 흘러나오고 있었다

3
부

세 그뭇에 도장 찍고

선거철만 되면 돈봉투가 돌고
고무신도 덩달아 돌고 돌던 시절이었다

시골에 혼자 사는 노모를 찾아간 면서기 아들은
안 호주머니에서 마른 거 한 장 든 봉투 건네며,
어머니, 한 그뭇이우다
모레 투표장에 강 꼭 한 그뭇에 찍어사 헙니다예!
─기여 기여 고맙다 한 그뭇, 알았저

투표 하루 전날 할머니를 찾은 대학생 손자가
흰 고무신 든 봉투를 두 손으로 건네며,
할머니, 두 그뭇이우다 작대기 두 개 그서진 디
거기 꼭 찍어사 헙니다예!
─하이고 우리 손지 착허다, 알았저 두 그뭇

혼자 사는 그 노인네
면서기 아들 떠올리니 대학생 손자 생각
대학생 손자 떠올리니 면서기 아들 생각

요 노릇을 어떵허코 고민하다가

결국 투표장에 줄을 서서

아들도 내 새끼 손자도 내 새끼 뽀글뽀글 파마머리
굴리다가

애비 아들 합친 세 그믓에 당당하게 도장 탁 찍었다
는데

그래서 그 섬엔 예부터 무소속이 많았대나 어쨌대나

마른 거 한 장이면 동네 점방에서

막걸리 세 병 사고도 우수리가 남던 시절이었다

방법

어린 시절 유독 개씹*이 잦았다
어머닌 쪼가리 무명천으로 눈가리개를 만들었지만
개씹 때문에 창피했고
가리개 때문에 더 맘 상했다
—아이고 아이고 개씹났져
—아이고 아이고 애꾸됐져
사내아이 계집아이 할 것 없이 개씹 타령을 했다

그런 날 어머니는 내복 벗겨 이 잡는 대신
호롱에 달군 이불바농을 어린 속눈썹에 갖다 대고는
—할마님아 철 어신 아이우다
—할마님아 분시 어신 아이우다
속눈썹 주변을 콕콕 찌르는 시늉하며
불러도 오지 않는 삼승할망을 찾았다

발바닥이 간질간질하여
문득 잠에서 깨면 내 발바닥에 코를 박고
—움직이지 말라

―고만 이시라
　　두 발바닥을 화선지 삼아 검은 먹글씨로
　　또박또박 새겨놓고 있었다

　　天平
　　地平

* '다래끼'의 제주어.

갈칫국

돗거름 내는 날이면 어머니는 으레 갈칫국을 끓였다
책 보는 사람 찾아가 택일을 하고
동네 남정네들이 와서 수눌어 돗거름 내는 날이면
토막 낸 갈치에 늙은 호박 투박투박 썰어
새벽 조반부터 갈칫국을 끓였다

동네 삼춘들이 갈중이 차림으로 집에 오면
아버지와 삼방에 둘러앉아 갈칫국을 먹었다
담요로 정성껏 싸맨 항에서 오메기술 꺼내고
국사발마다 두툼한 갈치 한 토막이 들어간
갈칫국을 먹는 동안

"아이덜은 궤기 안 먹는 거여"

어린 우리는 반지기 낭푼밥 앞에 놓고
정지에 멜싹 앉아 어머니와 갈칫국을 먹었다
갈치 없는 갈칫국을 먹었다

얼른 커서 통시에 돗거름을 내고 싶었다
삼방에 앉아 오메기술에 갈칫국을 먹고 싶었다
두툼한 갈치가 들어간 갈칫국을 먹고 싶었다
빨리 어른이 되고 싶었다

넋들임

이른 새벽 탑 아래 불턱 옆에 제상 마련하고
정뜨르 넋할망을 불렀다

에— 나이는 열 살
바당에서 헤엄치당 물에 빠진 넋이우다
성은 김 가 이름은 아무가이
천지왕에 흩어진 넋
지부왕에 흩어진 넋
이허중감중에 흩어진 넋
하간 넋을 들이려 합네다

어머니가 미리 준비한 내 옷 들고
넋할망은 두 손 높이 올려 넋을 부르고는
내 머리 가마 위에 옷을 얹어 넋을 들인다

성은 김 씨 이름은 아무가이
—예
성은 김 씨 이름은 아무가이
—예

성은 김 씨 이름은 아무가이
─예

두린 마음에 또박또박 대답하니
넋할망은 아이고 넋 돌아왔구나
하시며 어머니가 준비한 물을
내 입에 세 번 넣어주시고는
치마 고운 신칼 들고 주문을 외신다

어떤 것이 잡귈러냐
이 허중감중에 떠도는 것이 잡귀로다
늙어 죽은 노망귀냐 젊어 죽은 청춘귀냐
갑을병정무기경신임계일에 죽은 잡귈러냐
자축인묘진사오미신유술해일에 죽은 잡귈러냐
쑤어나라 쑤어나라

헛 쉬이
헛 쉬이

돗죽

설달 그믈어 생기복덕 맞는 날
송당본향 금백조할망 일곱째 아들
궤내깃또 청신허여 돗제 올린다
손그믓 선명한 돌레떡 동그랗게 진설허고
검은 도새기 통째로 삶아 돗제 올린다

천 사람 입에 가면 천복
만 사람 입에 가면 만복

돗 삶은 국물에 김녕 바당
물숨 그차지멍 호오이 호오이 건져 올린 몸에
다락다락 미끄러지는 겉보리 넣고
궤내기굴 그늘막에 솥단지 걸어 부글부글 부글부글
돗죽 끓인다

천 사람 입에 가면 천복
만 사람 입에 가면 만복

궤내깃당 단골들 지물구덕 등에 지고
바람 가르며 모여들고 단골 좇아 며느리도 손자도
하나둘 모여들고, 바람막 아래서 돗죽을 나눈다
뜨뜻하고 베지근한 인정을 나눈다
모락모락 피어나는 옛정을 나눈다

천 사람 입에 가면 천복
만 사람 입에 가면 만복

밖거리

친정에 간 며느리가 첫 몸을 풀면 금줄 걷는 때를 맞춰 시어머니는 아기구덕과 봇지옷, 떡과 음식을 장만하여 사돈댁으로 가고, 지극정성으로 만든 삼베 봇지옷 입혀 둥게둥게 어르다가, 외하르방 닮았수다 성하르방 닮았수다 주고받다가 금자동아 은자동아 자랑자랑 웡이자랑 아기구덕 흔들어 어린 손지 재우고는 와랑와랑 집에 돌아와 안방문 활짝 연다

"아이고 우리 손지, 코광 눈광 하르방 똑 닮아십디다"

손지가 등에 업힐 만큼 자라면 안사돈은 어린 외손지 이마에 콧등에 솥강알 숯검정을 검게 칠하고는 제 딸 품에 이것저것 바리바리 싸서 사돈댁으로 돌려보내는데, 올레 밖까지 나와 동동 기다리던 하르방 할망은 성손지 받아 안고 "아이고 우리 손지, 솥 쓰고 허연 오랐구나게" 하며 입바위가 덩싹 벌어지는데, 이쯤 되면 의젓한 며느리는 밖거리 주인으로 인정받고 새 살림을 차린다

파제가 있는 풍경

본향집 식겟날 자시 파제 기다리면서
삼방에 누워 먹다가 졸다가 졸다가 먹다가
모도리적에 얹혔는지 약밥에 체했는지
낯빛 파래지고 끙끙 배앓이를 했다

우리 손지, 이래 왕 누우라보저

풍년초 둘둘 말아 입에 문 작은할아버지가
덩드렁마께 같은 손바닥을 어린 배 위에 올려놓고

삼신하르방 손이우다 체 내리와줍서
삼신하르방 손이우다 체 내리와줍서

지그시 눌러 스윽스윽 손을 놀리면
배앓이 하던 어린것은 언제 그랬냐는 듯
할아버지 품에서 까무룩 잠이 들곤 했다

마누라

자식 농산 잘해야 반타작
열 아기 나면 다섯 아긴 먼저 보낼 수밖에
약도 없고 병원도 없고 먹을 것도 없고

아기 몸에 마누라 들면
어멍 아방은 부랴부랴 낭밭에 올라
산뽕낭 파먹고 사는 잣*, 그걸 잡으러 가는 거라
굼벵이 닮은 거지

그걸 탁, 잡아서 몸통이 곱게 나오면
'아이고, 우리 아긴 살로고나' 허고
그게 중간에 톡, 끊어지면
'하, 우리 아긴 안 될로고나' 허였주

잣을 잡고 집에 오면 꼬리 자르고
사발에 대고 몸통을 꼭, 눌러
그러면 하얀 게 찍, 나와
그걸 먹이는 거라, 아기에게

꼭 어멍 젖 닮아

하이구! 이 웃드르에 병원이랑마랑
왜정시대 공출 지나 토벌대들 거멍허게
몰려들어 집들 다 불태우던 시절에, 병위언?

무신 거? 마누라? 각시?
야이, 무신 소리 햄시?
역병게 역병!

＊ 잣 : 사슴벌레 유충.

불알시계

시간 몰라 난처한 때는 제삿날이었다
설상(設床)이야 그럭저럭 해 그물어 차리면 그만이
지만
문제는 파제(罷祭)였다
지들커로 화식하던 시절이라
때가 되면 메 앉히고 갱을 데워야 한다

작은 방에 설상을 하고
상주며 궷당들은 소반 받아 음복을 하고
기다림에 지친 어린 것들은 소랑소랑 삼방에 잠이
들고

제상을 지키던 아버지는
잔부름씨하다 꼬닥꼬닥 조는 어린 것을 깨우고는
'밖에 나강 보라, 북두성 꼴랭이가 어디 시니?'
마당에 나온 어린 것은 덜 깬 눈으로 하늘을 보다가
'예, 동펜이 울담 먹구슬낭에 거러졌수다'

아버지는 헛기침으로 주변을 깨우고는
정지에 대고 낮고 길게 한 마디 하셨다
'어어이'

그로부터 몇 해가 지났을까
'아무개 조합장 기증' 불알시계가 떡 하니 걸려
또깍또깍 꺼떡꺼떡하면서부터
어린것에겐 별 볼 일 대신 다른 볼 일이 생겼는데
새벽 밭 나서기 전, 아버지는 잠결에 대고 한 말씀
하셨다
'시계 밥 주는 거 잊어불지 말라'

당일 식게

대소상 3년 시묘는 호랑이 담배 필 적 얘기고
화장 단지 받아 막제 올리면 그만인데
섭섭하다 싶으면 사십구재 탈상이다

아버지 기일에 맞춰 어머니도 합제 하고
지방 안 쓰고 사진 올린 지는 이미 오래다
자시(子時) 행제 하려면 상주는 물론이고
제주 들고 문상 온 친족들도 부담이라
오래전 축 고해 당일제로 돌렸다

삼색 나물에 오색 과일 진설하고
촛불 켜고 향 피우면 적당한 저녁 시간
문상 온 친족들과 둘러앉아 곤밥에 궤기국 먹고
술 한 잔 권하면 차 가져왔다 손사래 치고
문전제 하지 않으니 조왕고사도 없다
삼헌관 없으니 종헌관이 집사를 겸하고
숭늉 올려 파제 하면 그만이다
냉장고에 남는 게 제사 음식이라며

주는 떡반 손사래 치고 훠이훠이 돌아간다

이웃 식겟집에 떡구덕 들고 갔던 어머니가 자시 즈음
와랑와랑 집으로 달려와 자는 어린 것 두드려 깨우고
억지로 끌고 가서 곤밥에 궤기국 먹이고
침떡 곤떡 쪼가리에 궤기적 모도리적 하나씩
반(盤) 받아 챙기고 졸음에 겨운 눈 비비며
타박타박 집으로 오던 아이가 있었다

일포(日晡)

머귀나무 작대기로 상장(喪杖) 짚은 상제가
지관(地官) 데리고 장지(葬地) 둘러 돌아오면
신시(申時)에 맞춰 일포제 감으로 낳은
시집간 딸들이 부랴부랴 장만해 온
제물 진설하여 제를 올린다

어이 어이 어이 곡소리가 끝나면
두건 쓴 친척들이며 상제의 벗들은
멍석 위에 모여 밤샘을 한다
장기를 두거나 화투를 돌리거나 종지윷을 던지며
떠들썩하게 밤을 지샌다

이승을 떠나기 전 망자와 함께
마지막 밤을 흥성스럽게 보내는 것이다
이럴 때면 시집간 딸상제들은
어김없이 돗배설국에 빙떡을 장만하여
밤새도록 술상을 내왔다

사돈댁에서 허벅에 담아 부조로 지고 온
붉은 팥죽도 내오라, 상제 친구들은 소리치지만
관 만드는 날 가져온 팥죽은 동이 난 지 오래다

내일 아침 화단 나갈 때를 대비하여
머리에 수건 쓴 여자 친족들이 사기요강이며
사기그릇을 상갓집 이문간에 잘 보관해 두었다
내일 아침 화단 행렬이 집을 나가면
그것들은 파싹파싹 벌려질 것이다

납일(臘日)

어른들은 제 지내러 향사에 가고
어린것들은 어머니가 정지에서 엿 고는 걸
늬치름* 질질 콧물 줄줄 흘리며 지켜본다
흐린좁쌀밥 보따리에 싸 물 섞어 문대기면
노리끼리 좁쌀 물 우러나오고 거기에 보리골** 섞어
가마솥에 넣어 나무 주걱으로 살살 저어 끓이면
특별한 날 제상에 올라가는 감주가 되고
그걸 밤새낭 끓여주면 끈적끈적 엿이 된다
닭 넣으면 닭엿
꿩 넣으면 꿩엿

싸락싸락 눈발 내리면 형들은 참새를 잡는다
눈 살짝 깔린 마당에 좁쌀 뿌리고
체에 자그마한 작대기 세워 비스듬히 눕히고
작대기엔 실 묶어 안방으로 연결하고
형들은 방 안에서 창호지에 붙은 손바닥만 한 유리
창으로
군침 꼴깍 뚫어져라 마당을 본다

조조조조 좁쌀 먹으러 참새들이 체 안으로 모여들고
이때다! 실을 확! 당기면 작대기 핑! 튕겨나가고
체, 탁! 엎어지면서 참새가 잡힌다 조조조조

털 벗기고 화롯불에 올려 오독오독 구워 먹는데
싸락싸락 눈발이 흩뿌린다
납일 전 세 번 눈이 와야 이듬해 풍년 든다는데
싸락싸락 눈발이 흩뿌린다

* 침.
** 보리로 만든 엿기름.

먼 물질

놈의네 배는 구상낭 배요
우리네 배는 쑥대낭 배라
이어차라 이어차라

테우 상자리에 물항을 싣고 양식거리도 싣고
먼 물질 간다 먼 물질 간다
뭉게 닮은 서방 두고 먼 물질 간다
올망졸망 어린 것덜 뒤로허고 먼 물질 간다
돈아 돈아 말 모른 돈아
돈아 돈아 곱 어신 돈아

먼 물질 글라 먼 물질 글라 테우 타고 먼 물질 글라
영도다리 지나 울릉도 독도 먼 물질 간다
원산 청진 멀리 두고 울라디* 바당 먼 물질 간다
달이 진다 먼 물질 글라 해 떠온다 먼 물질 글라

바람이 분다 바람이 분다
상자리에 돛 달아라 왕골돛을 달아라

네 저어라 네 저어라

왼팔 그차지면 오른팔로 네를 젓고

오른팔 그차지면 왼팔로 네를 저어라

이어싸 이어싸 네 저어라

배똥 알을 놈을 준덜

요네착이사 놈을 주랴

이어차라 이어차라

* 블라디보스토크.

칠성골

장나라 장설룡 송나라 송설룡이 부부지간 되었는데

무자식으로 지내다가 칠성제 올리고 딸 하나 얻었
더라

단똘애기 이만큼 욕았을 때 부모는 벼슬 살러 딸 두
고 떠났더라

아바님아 어마님아

단똘애기 부모 찾아 집 나섰다 길 잃고 울며불며 헤
매다

어느 스님 도움으로 목숨 연명하고 스님 따라다니
다 아기 잉태하고

장나라 장설룡 송나라 송설룡은

네 이년 불경하다, 단똘애기 돌함에 넣어 바다에 던
져버리고

돌함은 돌고 돌아 조천읍 함덕리 바다에 닿았더라

함덕리 일곱 잠녀, 돌함을 열어보니

큰 뱀 한 마리 새끼 뱀 일곱 마리 돌함에서 꼼지락꼼
지락

잉태한 단똘애기 큰 뱀이 되고 새끼 뱀 일곱을 낳았더라

섬기는 잠녀들에게 아픈 병 낫게 하고 만선풍어도 주어

함덕리 부촌으로 만들고 일곱 뱀이 제주성 안으로 들어선다

가라쿳물 구멍으로 들어가 도성 안 송대정 집 문 앞에

소랑소랑 누웠는데, 송대정 부인이 금산물 뜨러 문을 나서다

일곱 아기를 보고 깜짝 놀라 "이건 어떤 일인고?"

금산물 가서 물통 도에 치마 벗어두고 물 지고 나와 치마 속을 보니

일곱 아기 소랑소랑 누워 있어 송대정 부인이 하는 말,

"나한테 태운 조상이건 어서 우리 집으로 드십서."

치맛자락에 싸서 일곱 아기 고팡으로 모셨더니

송대정 물론이고 하인들까지 천하 거부 되고

일곱 아기가 송대정 송두옥 집에 좌정하니 그로부터

칠성골이라 부르게 되었더라

4

부

어머니가 운다

모슬봉 동북 자락
대정7리 공동묘역 한참 걸어 외진 곳
재수 어미 송 씨
옥색 치마에 양단 저고리 곱게 단장하고
쪽진 머리 바람에 날리며 빗돌처럼 앉아
산방산 내려다본다

허접한 제주 목사 비석은 골골마다 넘치건만
도탄에 빠진 섬 백성 원을 풀고 인정 바로잡은
내 아들 비석은 어찌하여 눈을 씻고 봐도 없는고
재수야, 어디에 있느냐
살았느냐 죽었느냐
북쪽 하늘 황도대 너머로 훠이훠이 날아갔느냐
내 죽어 황천 가면 만날 수 있는 것이냐
어허, 세상 사람들아
무죄한 내 아들 어디로 보내어 남의 애를 끊는고

옛 바람이 다시 불어온다

난바다 건너 떼구름이 몰려온다
산방산 머리 위로 우렁우렁 우레가 운다
모슬봉 마른 억새가 살아 오른다

재수야, 어디 있느냐
살았느냐 죽었느냐

'아작'에 대하여

표준국어대사전에 의하면 '아작'이라는 어휘에 대해

—아작 : (부) 조금 단단한 물건을 깨물어 바스러뜨릴 때 나는 소리. 「본말」 아지작.

—아작아작 : (부) 조금 단단한 물건을 깨물어 바스러뜨릴 때 잇따라 나는 소리.

라고 풀이하면서 그 쓰임새를,

'○○○ 이장은 수해 이튿날 SNS에 "아주 아작이 났다"라는 말로 수해 상황을 전했다.'

고 소개하고 있다

경북 영천 이중기 시인은 고향 아작골에 대해, 아작골을 가만히 바라보며 담담하게 한 마디 건네는데,

'원래는 절골이었다. 사륙년 시월, 양민 이백오십에서 삼백 가량이 이곳에 끌려와 집단학살 당했는데 그 이후 사람들이 아작골이라 부르기 시작했다.'

참고로 이 내용은 표준국어대사전 용례에 실려 있지 않다

폐가

삼십 년도 훌쩍 넘었지만 어제 같은 기억이 있다

표선에서 성읍 지나 걸어 걸어 낡고 반갑고 적막한
초가 몇 채 만났다
물 한 모금 얻을까 정낭 지나 안으로 들었다 삼방문
도 정지문도 닫혀 있었다
있수과? 있수과?

기척이 없었다
조심스레 삼방문 열었다

아, 족대가 족대가 마루널 틈새 틈새로 족대가 시퍼
런 족대가 퍼렇게 구짝구짝 초가를 뚫고 나란히 나란
히 삼방 가득 족대가
숨이 탁 끊기고 털썩 주저앉고 말았다
삼복인데 등골이 서늘했다

대천동 어디쯤이었고 내가 만난 첫 번째 4·3이었다

동백의 눈물

4·3항쟁 70주년 전야

문예회관 야외마당에서
4·3 희생자 유족으로 구성된 평화합창단을 비롯
430명의 합창단이 상돈이가 노랫말을 짓고 곡을 쓴
'애기동백꽃의 노래'를 부르는데

객석 귀퉁이에 서서
조심스레 노래를 듣던 그의 눈가에
그렁그렁 맺힌 붉은 동백을
살짝 엿보고 말았으니……

다가가서 그간 고생 많았다, 다독이자
울먹울먹 한 마디 꿀꺽 삼킨다

고맙수다

4·3 행불인 묘역에서

아악 아악 아악 아악 아악 아악 아악 아악

메시깨라, 어떠난 정 외엄신고?

까아아악 까아아악 까아아악 까아아악

무사 고를 말 시냐? 말을 고르라게 말을

까왁까왁까아왁 까왁까왁까아왁 까왁까왁까아왁

아이고 목 다 쉬어부켜게 까옥까옥만 말앙
곧고 싶은 냥 고르라보저게 원

까아아옥 까아아옥 까아아옥 까아아옥

첨, 이런 곱곱도 시카

네 살짜리가 뭘 안다고……

―김성주

오도롱 주재소였다

애야, 착하지? 산에서 있었던 일, 다 말해보라, 어른
들이 뭘 했는지 아네? 뭐라 말했는지, 생각나네? 아는
거이, 생각나는 거이, 다 말해보라,

고럼, 사탕 주가서

오도롱 폭낭 아래였던가

허이고, 착하지이? 산에서 배운 노래, 불러보라, 원
수와 더불어, 알아? 날아가는 까마귀야, 생각나멘? 아
는 냥, 생각나는 냥, 한번 불러보젠?

게믄, 사탕 주커메

작은외삼촌

— 강실

1

작은외삼촌은

무릎까지 오는 말가죽 장화 신고 마을에 오셨다

상덕거리 기와집에서 요기하고

불미쟁이 불러다 쇠스랑 녹여 칼 만들 때

나는 옆에서 물 부름씨를 했다

2

시신은 아주 고왔다

관자놀이 총알 한 방도 그랬다

3

목 잘린 숟가락 가슴에 꽂고

관덕정 앞 나무 십자가에 그가 돌아왔다

4

길 가던 사람들 걸음 멈추고 모두 두 손 모았다

군문 열림

도령마루 해원상생굿에서였다

큰굿보존회 서순실 심방이
붉은색 치마저고리 차림으로
날굿 섬기고 군문 여는데
너무 늦었나, 열어도 열어도 열리지 않아
4·3평화재단에서 제주로 올린 뒷술 꺼내 한 손에
들고
왕강징강 왕강징강 감장 돌다
소낭밭 굴헝더레 있는 힘껏 매다치고
산판 던져 점괘 보니
그제서야 살그랑 군문이 열려
칭원헌 도령마루 원혼들 군병 거느리고 어슬렁어
슬렁
쓴 소주에 게알 안주
모처럼 대접받고 저승 상마을 돌아갔다

칠십 년만의 일이다

죽은 혼사

혼례 한 달 앞두고 샛아버진 샛어머니 되실 분이영 같은 날 잡혀갔수다 샛아버진 대구형무소에서 폐렴으로 돌아가셨는데, 위독하다는 전갈 받고 할아버진 안부 편지 보내면서 치료비도 보냈는데 어찌된 영문인지 반송되고 얼마 지나지 않아 사망통지서가 왔덴 헙디다 결국 할아버진 아들의 수습을 포기할 수밖에 없었고

샛어머니 되실 분은 경찰에 잡혀간 후 연락이 끊겼는데 나중에 확인해보니 전주형무소에서 복역하다 전쟁 나고 행방불명 되었젠 헙디다

이승에서 못 다한 인연 저승에서라도 이어가라고 사혼식 올려드려십주

데칼코마니 2

1

1949년 1월 3일
여수시 종산국민학교에 수용되었던 부역 혐의자 125명은
만성리 깊은 계곡으로 끌려갔다 새벽이었다

5명씩 총살당한 후에 다시 5명씩 장작 더미에 눕혀져
5층으로 쌓은 시신 더미가 5개, 125명
층층겹겹 쌓아올린 5층탑 5개에 콜타르 부어 불을 태우고
행여 가족들이 찾을까 돌덩이 굴려 덮었고
살점 타는 냄새가 달포를 넘겼다

남은 유족들, 어찌해볼 도리가 없어
죽어서라도 형제처럼 지내라고 형제묘라 하였다

2

1950년 음력 칠월칠석날

모슬포 고구마 창고에 임시 수용되었던 예비검속자 132명은

섯알오름 굴헝으로 끌려갔다 새벽이었다

신사동산 지나 죽음을 예감하자 신발 던져 길을 내고

새벽별처럼 와다다와다다 총성이 쏟아져 내리고

허둥지둥 찾아온 유족들에겐 가까이 오면 빨갱이라 윽박지르고

멜젓 썩는 냄새에 눈 돌아간 마을 개가 사람을 물어 뜯고

머리통 하나에 남은 뼈 몇 개 대충 맞추어 봉분을 썼다

남은 유족들, 어찌해볼 도리가 없어

한 조상 모시듯이 지내자고 백조일손이라 하였다

어머님 전상서

불효자 상길입니다
철창 사이로 차오르는 달빛이 그윽합니다
물소리 풀벌레 소리도 어제처럼 잔잔합니다
가족들 두루 여여하신지요
저도 삼시 세끼 부족함 없이 잘 지내고 있습니다

사랑하는 어머님
충과 효는 양립할 수 없다는
성현의 가르침을 마음에 새깁니다
조국을 택하면 집안을 버려야 하고
가족을 택하면 민족을 버려야만 하는 시대입니다
다만 선택의 기로가 조금 일찍 제게 왔을 뿐입니다
제가 선택한 길, 후회도 미련도 없습니다
누군가는 해야 할 일이었고 그게 나였을 뿐
두려움도 아쉬움도 없습니다
새벽이슬처럼 영롱하고 고요합니다
그저 식구들에게 미안하고
뜻을 함께한 동지들에게 송구한 마음입니다

사랑하는 어머님

날이 새면 저는 먼 길을 가야 합니다

그 끝자락에서 주님의 인도하심을 믿기에 외롭지 않습니다

오히려 그 시간이 기다려집니다

시간이 다가올수록 따뜻하고 포근해집니다

아쉬움이 있다면 통일된 조국을 보지 못함입니다

더 큰 용기와 더 큰 결단이 부족했던 제 탓입니다

어머님

그리움은 그리운 대로 그냥 두고 떠나겠습니다

먼 훗날을 기약한다는 지키지 못할 약속은 하지 않겠습니다

살육과 광기의 공포가 없는 맑은 세상에서 어머님을 기다리겠습니다

이승의 꽃산천 훠이훠이 유람하시고 여유롭게 오시기 바랍니다

죄 많은 불초소생이 저승의 동구 밖에서 마중하겠
습니다
그날까지 아름다우시고 여유로우시길

어머님,
어머님은 저의 첫사랑이자 끝사랑입니다

무자년 9월 22일 장남 문상길* 올림

* 제주4·3항쟁 당시 모슬포에서 9연대 중대장으로 근무하던 남조선국방경비
대 중위. 초토화 작전을 밀어붙이던 11연대장 박진경 대령을 암살했다.

망월동에서

인자 울지들 말어
다시는 이런 아픔 없도록 진상 밝히고
책임자 처벌하려면
맘 다부지게 먹어야 써[*]

1980년 5월
고등학생 아들을 잃은
하얀 소복의 광주 어머니가
2014년 4월
고등학생 아들을 잃은
노란 리본의 세월호 어머니 손을 잡고
오래도록
아주 오래도록 놓지 않았다

* 2018년 5월 19일 《한겨레》에서 인용.

나무 한 그루 심고 싶다

나무 한 그루 심고 싶다
천둥 번개에 놀라 이리 휘고
눈보라 비바람에 쓸려 저리 휘어진
나무 한 그루 심고 싶다

나이테마다 그날의 상처를 촘촘히 새긴
나무 한 그루 심고 싶다
머리에서 발끝까지 불벼락을 뒤집어쓰고도
모질게 살아 여린 생명 키워내는 선흘리 불칸낭
한때 소와 말과 사람이 살았던
지금은 대숲 사이로 스산한 바람만 지나는
동광리 무등이왓 초입
등에 지고 가슴에 안고 어깨에 올려
푸르른 것들을 어르고 달래는 팽나무 같은
나무 한 그루 심고 싶다

허리에 박혀 살점이 된 총탄마저 보듬어 안고
대창에 찔려 옹이가 된 상처마저 혀로 핥고

봄이면 어김없이 새순 틔워 뭇새들 부르는
여름이면 늙수그레한 이에게 서늘한 그늘이 되는
나무 한 그루 심고 싶다

살아 천 년 죽어 천 년 푸르고 푸른
나무 한 그루 심고 싶다
내일의 바람을 열려 맞는 항쟁의 마을 어귀에
아득한 별의 마음을 노래하는 나무 한 그루 심고 싶다

참척(慘慽)

참으로 끔찍한 일이다
어리고 여린 목숨 가슴에 묻은
그 어미 아비가 흘려야 할 피눈물은
눈에 흙이 들어가도
그 흙이 썩어 문드러져
흔적조차 남지 않은 심장을 찌르고
폐부를 찌르고 손톱을 찌르고 머리카락을 찌르고
다시 피눈물을 찌르고

고통의 무게와 절망의 깊이는
변수가 아닌 영원한 상수여서
바람 불고 눈비 오고 해가 뜨고 달이 져도
차마 눈 붙일 수 없어서 마실 수도 먹을 수도 없어서
온몸이 무너져 아무것도 할 수가 없어서

두려운 일이다
서러운 일이다
난 여기 망실하게 있는데

넌 내 곁에 영영 올 수 없으니
새순 돋고 유채꽃 피어도 서럽다
하늘빛보다 서럽고 바다 끝보다 더 서럽다
죽어 다시 죽을 만큼 끔찍한 일이다

영원한 홍보부장

광주 시민군 항쟁지도부 홍보부장은
윤상원과 함께 들불야학 선생을 하면서
노동자들과 연극 작업을 한다
그 전에 이미 〈함평 고구마〉〈돼지풀이〉에 참여했다

광주 시민군 항쟁지도부 홍보부장은
극단 광대를 창단하고
황석영의 「한씨 연대기」를 연습하던 중
오월을 만나 광대 식구들과 항쟁에 투신
투사회보 제작, 문화선전, 도청 앞 궐기대회를 치른다

광주 시민군 항쟁지도부 홍보부장은
20개월 수배 끝에 잡혔다 풀려나 극단 토박이를 창단
〈금희의 오월〉〈모란꽃〉〈청실홍실〉 등의 제작에 참여
윤상원상, 민족예술상을 받는다

광주 시민군 항쟁지도부 홍보부장은
오월 비디오 영화 〈RED BRICK〉를 제작하다

지병이 도져 일구구팔년 구월 마흔넷의 삶을 접는다
영원한 홍보부장, 그 이름은 박효선이다

부전여전

1

1970년 12월 15일 새벽 1시 30분경 제주도 성산포 항을 떠나 부산으로 항해 중이던 정기여객선 남영호가 거문도 동쪽 33마일 해상에서 침몰, 319명이 목숨을 잃었다. 이 사고로 임검 경찰관 4명이 직무유기 혐의로 구속되고 서귀포경찰서장을 입건하는 것으로 사건이 마무리되었다. 박통 시절이었다.

2

2014년 4월 15일 인천연안여객터미널을 출발, 제주로 향하던 여객선 세월호가 4월 16일 오전 8시 50분경 전남 진도군 관매도 부근 해상에서 침몰, 수학여행 길에 오른 단원고 학생 246명을 포함 295명이 목숨을 잃었다. 세월호에 대한 수색은 같은 해 11월 11일 서둘러 종료되었으며 9명의 생사는 아직도 확인된 바 없다. 박그네 시절이었다.

레 지 투이 혹은 반레

고등학교 졸업을 앞두고
그는 통일전쟁에 자진 참여한다

호치민루트 타고 남으로 내려와
사이공 남부에서 십년간 미군과 싸운다

전쟁이 승리로 끝났을 때
함께 입대한 삼백 명 중 살아남은 자는
그를 포함 다섯 명뿐

시인을 꿈꾸다 전사한 반레라는 동지의 이름으로
시를 쓰고 소설을 쓰고
못다 한 이야기는 필름에 담으며
남은 삶을 산다

무장 게릴라였던 레 지 투이는
동지의 이름, 반레*로 산다

* 반레 시인 또한 2020년 9월 6일 71세의 나이로 세상을 떠났다.

심장 없는 시인, 켓 띠

미얀마항쟁이 백 일째로 접어들던 어느 날
'그들은 머리를 겨누지만
혁명이 심장에 있다는 걸 모르고 있다'고 외친
나이 마흔다섯 미얀마 시인 켓 띠는
미얀마 군부에 의해 어디론가 끌려간 후
심장과 모든 장기가 적출당한 채
하루 만에 텅 빈 주검으로 버려졌다

켓 띠의 외침을 듣고서야
혁명이 머리가 아니라 심장에 있다는 걸 알아챈 그
들은
닭 잡듯 개 잡듯 시인의 심장을 도려낸 것이다

그러나 안타깝게도 그들은
시인이 말하는 심장의 의미를 미처 알지 못했다
심장을 도려내는 기술은 눈부셨으나
심장이 바로 사랑이란 걸 전혀 눈치채지 못했다
가슴에서 가슴으로 밀물져오는

자유와 민주와 평화에 대한
인간의 존엄에 대한 뜨거운 사랑이라는 걸
그들은 알지 못했고 알려 하지도 않았다

약탈당한 심장 대신 수만의 사랑으로 되살아난
미얀마 시인 켓 띠는 세 손가락 치켜들고
세상의 심장을 향해 외치고 있다

우리의 시에 심장이 없다면
그건 시가 아니다
우리의 노래에 심장이 없다면
그건 노래가 아니다

결코 혁명이 아니다

난징 국수

역사는 난징대학살이라 불렀고
일본열도는 난징대함락이라 미화했다
동경은 축제 분위기였고 어느 식당에서는
난징대학살을 기념하는 새로운 상품
난징 국수를 출시했다
대성황이었고 날개 돋친 듯 팔려나갔다
고기 씹으면서 면발 끊으면서
난징을 피로 물들인 천황의 군대를 찬양했고
국물 들이키면서 하해 같은 천황의 은덕에
눈물 콧물 하염없이 흘렸다
덴노 헤이카 반자이!
덴노 헤이카 반자이!

일주일만에 난징을 접수한 일본은
삽시에 난징을 아비규환 지옥으로 만들었다
미처 배에 오르지 못한 중산(中山)부두엔
산처럼 시체가 쌓여 굴비 썩듯 썩어갔고
양자강 물결은 선짓국이 되어

크고 작은 핏덩이가 둥둥 떠다녔다
썩고 타는 냄새가 난징 하늘을 먹빛으로 물들였고
비 내리고 바람 불어도 가시지 않았다
살아남은 사람도 살아 있는 게 아니었다
팔이 없거나 다리가 없었고
있다 해도 이미 동공이 비어 있었다

전쟁이 필요한 자들은 손바닥 뒤집듯
그 빌미를 만든다 그 결과 수만에서 수백만의
선한 사람들은 총과 칼 때로는 물과 불의 제물이 된다
어린아이였고 노약자였고 주로 여자였다

80년 전 오키나와를 출발한 97식 폭격기가
　난징의 모든 것을 쑥대밭으로 만들고 회항길에 잠시 머물던
　모슬포 알뜨르 비행장

　당분간 나는 국수를 끊기로 한다

5
부

춤

—김희숙

설운 조상님 뼈 빌고 살 빌어
하늘땅 기운 빌어 이름 석 자 얻기 전
그녀는 꽃이었다
산에 들에 구절초거나 연보랏빛 들무꽃이었다

팔 들어 허공에 얹으면 노을이 내리고
송락 저편 하늘가에 눈길 머물면
어김없이 바람이 일었다
걸음걸음 궁편이 울고 한삼 끝에 채편이 울었다
울음 사위어 천지사방이 고요일 때 소리 없이
소리 없이 그녀는 울었다
구절초처럼 들무꽃처럼 울었다

이승의 연 다하고
문 열어 길 나서면 그녀는 나빌 것이다
열두 문 너머 너울너울 날아갈 것이다
춤인 듯 춤이 아닌 듯

불러도 돌아보지 않을 것이다
아픔도 슬픔도 버리고
버렸나, 하는 미련도 다 버리고
팔랑팔랑 날갯짓에 기대어
하올하올 날아갈 것이다

잠시 머물던 이승에서 그랬던 것처럼
가도 가도 닿지 않는 그 길
춤이 되어 날아갈 것이다

숨고 돌아오는 길

— 고승욱에게

웃씨 뿌려 웃자란 조팟에서
수눌어 검질 매고 어르신 가르침 받들어
주먹 하나 다닐 정도로 여린 조 솎아내고
조심조심 돌아오는 길

한 줌씩 솎아져 산담에 널린 무더기를 보다가
그날 그 미친 시절
무등이왓 속칭 잠복 학살터에서
어처구니없이 솎아져 총 맞아 죽고
죽창 맞아 죽고 불더미에 둘러싸여
숨통마저 끊긴 개발시리들이 여럿 어룽거린다

임술민란 강 별감이 살았고
쇠막에선 쇠가 울었고
우영팟엔 송키*가 푸르던 옛 마을 집터에
조심조심 조를 심고
듬성듬성 고개 내민 조를 솎고 돌아오는 길

조를 살리기 위해

어쩔 수 없다 위안 삼아 보지만

아무런 죄 없는 것들을 솎고 돌아오는 길

누군가 대신 솎아져

지금 내가 있는 건 아닌지 하는 생각에

모골이 송연해진다

* 송키 : '푸성귀'의 제주어.

톱의 마음

잘려나갈 아름드리 삼나무 밑동 옆에
전기톱을 내려놓는다

안전모 쓰고 안전화 신은 한 사내가
큰절 올리고 넙죽 엎드린다

요란한 톱 소리가 빨갛게 여문
산딸기를 흔든다

퀴이이이이이이이이이이이이잉
휘이이이이이이이이이이이이이잉
크이이이이이이이이이이이이이잉
흐이이이이이이이이이이이이이잉
으이이이이이이이이이이이이이잉

톱의 눈에 핏기가 서린다
톱의 눈에 눈물이 고인다

톱이 운다

제성마을엔 삼촌들이 산다

제성마을엔 사람을 사랑하는 삼촌들이 산다
정뜨르에서 몰래물에서 난민처럼 흩어졌다가
다시는 쫓겨나지 말자며 터를 잡은 제성마을
똥오줌 물 뒤집어쓰면서 물숨 참아 자식들 키우고
솥단지 그을음처럼 검게 타버린 삼촌들이 산다

제성마을엔 눈물을 아는 삼촌들이 산다
제성마을 터 잡을 때 정성으로 심은 왕벚나무
아름드리 그 나무 열두 그루 뭉텅뭉텅 잘려나갈 때
이 나무가 제성마을이라고 이 나무가 죽은 남편의
몸이라고
울며불며 애산 가슴 쓸어내린 삼촌들이 산다

제성마을엔 어린 왕벚나무가 된 삼촌들이 산다
왕벚나무 열두 그루 어처구니없이 잘려나가고
밑뿌리에 겨우 남은 여린 가지 정성으로 화분에 심어
죽은 남편 어루만지듯 물애기 손주 얼르듯
차라리 나무가 되어 오래도록 함께 살고픈 삼촌들

이 산다

　제성마을엔 삼촌들이 산다
　죽은 왕벚나무를 살려내라며 밤잠을 꼬박 지새는
　왕벚꽃처럼 화사하고 왕벚나무처럼 아름다운 삼촌
들이 산다

　내일의 희망을 심고 가꾸는 성자(聖者)가 된 삼촌들
이 지금 살고 있다

무등이왓 땅살림굿

날은 갈라 신축년 정칠월 스무나흘 되옵네다.
무슨 연유로 올리는 이 공서냐 허옵거든
밥이 어신 이 공서도 아니옵고
옷이 어신 이 공서도 아니웨다.
옷광 밥은 사람이 살암시믄
빌어서도 밥이요 얻어서도 옷이우다마는
무자 · 기축년 그 험악한 시절에
조 갈고 보리 갈던 밭을 뒤로허고
안거리 밖거리 뒤로허고
퐁낭거리 뒤로허고
땅 설고 물 설은 길을 떠나
혼으로도 넋으로도 돌아오지 못한
무등이왓 영혼영신님네
삼밭구석 영혼영신님네
조수궤 영혼영신님네
사장밭 영혼영신님네
동광리 영혼영신님네
혼디 불러모아 치성으로 정성으로 올리는

이 공서 되옵네다.

돌아올 수 없는 마을, 무등이왓 목 좋은 밭이
동광 삼촌님네 손을 빌어
철없고 분시 어신 것들이
있는 정성 없는 정성 모두아 좁씨를 뿌리고
고고리가 덩드렁마께 고치 여물민
그걸로 오메기떡을 맨들앙
누룩에 술을 빚고
그 험악헌 시절 오갈디 어신
동광리 삼촌덜 모다정 살던
큰넓궤에 정성으로 치성으로 보관허였다가
내년 사삼 때 삼만 영혼영신님 신전에
맑은 술 혼잔 올려보카 허연 드리는
이 공서 되옵네다.

험악헌 사삼 시절
동광리에서 죽어간

억울허고 원통헌 일백오십육 영혼영신님네

이름도 올리지 못헌 무명 영신님네

조농사엔 헌 건 들어본 적은 있수다만

허여본 적은 어신 분시 모르는 것들이우다

저 푸르른 것이 조인지 검질인지도

분간 못 허는 철딱서니 어신 것덜이우다.

분시 어신 것덜이옌 내무리지만 말앙

잘못허는 일 있걸랑 크고 족게 욕허영 바로잡아주곡

초불 두불 세불 검질도 잘 다스려 주시곡

이제 고고리 여물어가민

죽자사자 달려들 온갖 참새 왼갖 잡새들도

솔솔 달래엉 저 밭담 너머로 강 놀렌 잘 고라주십서.

오늘 설상은

옛 선생님네 허던 법대로 밥도고리에 메 올렸수다

수정에 맞게 숟가락 올리고 청새도 올렸수다

주잔그릇도 수정에 맞게 올렸수다

사삼 시절

서룬 나이에 죽은 두린 영혼영신님네 적시로

동고리 사탕도 몇 개 올려시메

하다 칭원허게 생각 마랑 이 술 한 잔 받앙 가십서

넋은 넋반에 담곡 혼은 혼반에 담아

이 술 한 잔 올렴시메

동광리 삼촌덜 아픈 디 어시 허여주곡

여기 참여허신 많은 분덜

넋날 일 혼날 일 어시 허여주곡

허는 일마다 잘되게 두루두루 굽어살펴 주십서이

무등이왓 조 비는 소리

가을바람이 건드렁허난 조도 비엄 직허구나
어으어어으어 어으어어어 홍애기로구나

비소곰 고튼 내 호미 도라 몰착몰착 비어나 보게
어으어어으어 어으어어어 홍애기로구나

보름아 보름아 불 테면 하늬바람으로 불어오라
어으어어으어 어으어어어 홍애기로구나

건들건들 하늬보름 불어정 혼저 싹싹 비어나 보자
어으어어으어 어으어어어 홍애기로구나

동광 삼촌덜 웃씨 뿌리곡 곱 어신 것덜 묘종 심건
어으어어으어 어으어어어 홍애기로구나

승욱이 영화 허리 그차지멍 이날 저날 검질 매였고나
어으어어으어 어으어어어 홍애기로구나

올금년 신축년 와작착 와작착 태풍 광풍 불언
어으어어으어 어으어어어 홍애기로구나

어랑어랑 올라오던 조덜 이래착 저래착
어으어어으어 어으어어어 홍애기로구나

4·3 시절 무등이왓 삼촌덜 죽어가듯 이래착 저래착
어으어어으어 어으어어어 홍애기로구나

요 노릇을 어떵허코 아이고 요 노릇을 어떵허코
어으어어으어 어으어어어 홍애기로구나

꿈에도 조가 시꾸앙 쓰러진 조덜이 아른아른 시꾸앙
어으어어으어 어으어어어 홍애기로구나

양파망 사들렁 와랑와랑 하나둘썩 모염꾸나
어으어어으어 어으어어어 홍애기로구나

호나라도 살려 보젠 호나라도 건져 보젠 모염꾸나
어으어어으어 어으어어어 홍애기로구나

선들선들 보름 불고 쓰러진 것덜 서로 의지허영
어으어어으어 어으어어어 홍애기로구나

죽단 살아남꾸나 드랑드랑 조코고리 요물암구나
어으어어으어 어으어어어 홍애기로구나

시 낭송 들으멍 손풍금 소리 들으멍 요물았구나
어으어어으어 어으어어어 홍애기로구나

개발시리여 하간 조덜이여 덩드렁막개고치 요물았
구나
어으어어으어 어으어어어 홍애기로구나

이 조를 비어사 허느녜 이 조를 비어사 허느녜
어으어어으어 어으어어어 홍애기로구나

개발시리딜랑 내후년 좁씨로 부개기에 보관허고
어으어어으어 어으어어어 홍애기로구나

나머지 조딜랑은 오물조물 오메기떡 맨들아 보저
어으어어으어 어으어어어 홍애기로구나

누룩에 잘 버무령 오메기술 맨들아 보저
어으어어으어 어으어어어 홍애기로구나

오메기술 맨들앙 고소리술 내리와 보저
어으어어으어 어으어어어 홍애기로구나

고소리술 내리거들랑 옹기항에 고이 담앙
어으어어으어 어으어어어 홍애기로구나

무지막지헌 4·3 시절 동광 삼춘덜 곱안 살아난
어으어어으어 어으어어어 홍애기로구나

큰넓궤에 곱져 두자 동광 삼촌덜 고치 곱져 두자
어으어어으어 어으어어어 홍애기로구나

이 술은 그냥 혼잔 두잔 먹는 술이 아니여
어으어어으어 어으어어어 홍애기로구나

4·3 시절 동광에서 죽어간 백쉰여섯 영혼이 내리는
술이여
어으어어으어 어으어어어 홍애기로구나

내년 4·3 때 삼만 4·3 영령들 영전에 올릴 술이여
어으어어으어 어으어어어 홍애기로구나

이디 산 자 저디 죽은 자 호나 되는 술이여
어으어어으어 어으어어어 홍애기로구나

조도 비엄 직이 하늬보름 건드렁허게 불어왐져

어으어어으어 어으어어어 홍애기로구나

이디 조 다 비어시민 저디 조 확 비어사 헌다
어으어어으어 어으어어어 홍애기로구나

조심조심 비어사 헌다 비엄 직이 비어사 헌다
어으어어으어 어으어어어 홍애기로구나

써넝헌 보름 오기 전이 제기제기 비어사 헌다
어으어어으어 어으어어어 홍애기로구나

십시일반(十匙一飯)

눈만 뜨면 곶자왈에 콘크리트 구조물이 들어서고
다시 눈을 뜨면 수술 자국처럼 한라산 허리에 도로
가 생기고
또 눈을 뜨면 청정한 바다에 잿빛 삼발이가 물길을
가로막고
다시 눈을 뜨면 날개 다친 새들이 여기저기 흩어져
가쁜 숨 몰아쉬고

한라산을 빚고 스스로 섬이 된 설문대할망이 앓고
있다
갈래갈래 몸이 찢겨나니 마음도 시름시름 몸을 떠
났다
넋이 났으니 넋을 들여야 하는데 돌아오는 길에서
그만 길을 잃었다
산도 바뀌고 물도 바뀌고 나무도 베어 없어지니
숨도 그때 그 숨이 아니다 컥컥 막힌다

굿이라도 해야겠다

혁명이 늪에 빠지면 예술이 앞장서야 한다는

앞서가신 어르신의 말씀을 굳이 빌지 않더라도

그림쟁이 글쟁이 춤쟁이 소리쟁이, 쟁이란 쟁이는 모두 모여

몸에 난 병 마음에 난 병을 치유하는 병굿을 해야겠다

죽은 땅을 살리고 죽은 바다를 살리고 죽은 나무를 살리는,

죽은 새들도 이리 와서 모여라, 모다 들어 치병의 환생굿을 해야겠다

하늘 배경으로 큰대를 세우고 동서남북 사당클을 매자

천지혼합 제이르는 **이승현**이 천지인왕 신자리다

불복의 산, 머리 없는 산머리는 **엄문희**가 서고

하늘길 발루는 댓잎 푸른 큰대는 **강문석**을 세우고

동서남북 사당클은 **고경대**를 매고 **부이비 김수오**를 매자

하늘 가운데는 휘영청 **김수범**을 달고
없는 듯 있고 있는 듯 없는 달빛 아래 외진 곳엔
제인 진 카이젠, 거스톤 손딩 쿵을 앉히자

바다 가운데는 **고승욱**을 띄워 어둠을 도리자
부정서정한 온갖 새들은 **김영화**가 도리고
어둠에 갇혀 길 잃은 새들은 **고길천**이 도리자

산을 가슴에 안고 오름을 마음에 담은 **이윤엽**이 저
기 있다
오색 기메는 **홍진숙**을 달고 지전 살장은 **양미경**을
달자
이승과 저승, 하늘과 땅 어간에 초신길을 닦자
이승 저승도 아닌 미여지뱅뒤엔 **강동균 이명복 이
겸**을 세우고
바다 건너 섬 초입 올레 밖 삼도전거리엔 **강정효**를
세우자
그린씨를 닮은 일만팔천 신들의 오리정 길엔 **양동**

규를 놓고

　김옥선이 어화둥둥 비비둥둥 맞이하게 하자

　물길로 오는 영신일랑 **박정근**이 맞이하게 하자

　진광대왕에서 오도전륜대왕까지 열시왕 위패엔 **문
정현**을 세우자

　바당 표정이 섬의 얼굴이고 섬사람들의 마음이니

　상단퀼 젯자리엔 바당을 앉히고 중단퀼 젯자리엔
곳자왈을 앉히자

　하단퀼 젯자리엔 오름이며 사람을 앉히자

　안 자리 깊숙한 자리엔 강정 구럼비를 놓자

　구럼비 꽃자리에 **조성봉 홍보람**을 피우고 그 위에
송동효를 놀게 하자

　상단퀼엔 부서지는 **노순택**을 앉히고 고요한 **김용주**
를 앉히자

　물속에선 **이성은**도 놀게 하고 젯자리 앞자리엔 **김
영훈**을 앉히자

　동백낭 아랜 **허은숙**을 놓고 아리따운 **고원종**을 놓자

중단궐엔 먼저 가신 어머님 같은 **한상범**을 놓자

임형묵에서 시작하여 **고예현**의 바당을 세우자

신의 얼굴 인간의 얼굴을 가진 **이유미**도 함께 세우자

곶자왈 굴헝엔 **고경화 허윤희**를 세우고 **김지은 이종후**를 다시 세우자

오름으로 가는 신들의 길은 **이지유**가 열고

여기저기 흩어진 뒷정리는 **홍덕표**가 제격이다

여기 신자리에 이름 올리지 못한 칭원한 넋들은

흰 종이에 흰 글씨로 백소지권장 올리니 하다 서러워 말자

어디 보자 한 번 둘러보자

이제야 섬이로구나 섬다운 섬이로구나

산이 살아 있고 바다가 살아 있고 사람이 살아 있는

숨 쉬는 모든 것들이 시퍼렇게 살아 있는

신칼치마에 귀신 잡는 칼이 없어도 이게 제주로구나

욕망에 허덕이다 우리가 잃어버린 참 제주가 여기 모여 있구나

고운 밥 낭도고리에 술을 꽂아 시픈 신냥 어시픈 어
신냥

십시일반 나누고 오순도순 베풀어 여기까지 왔구나

둘러보니 이게 바로 자연다운 자연이고 사람다운
삶이로구나

아하, 그렇구나 이게 우리가 살아야 할 삶다운 삶이
로구나

사람 목숨만 목숨이 아니라 하늘에도 땅에도 바다
에도

곶자왈에도 나무에도 지푸라기 하나에도 다 목숨이
있구나

그들이 살아 숨 쉴 때 비로소 내가 살아 숨 쉬는 거
구나

내 숨과 그들의 숨이 둘이 아닌 하나구나

그렇구나 이게 우리고 이게 제주로구나

우리가 오롯이 물려줘야 할 제주의 가치로구나

할마님아 설문대할마님아

날은 갈라 기축년 상강 지나 동짓달 되옵네다
땅은 갈라 해동 조선국
하늘못 천지물이 흐르고 흘러 백두대간으로 흘러
불복산 지리산으로 내리흘러
물로야 뱅뱅 돌아진 물 막은 섬 되옵네다
비단결 올올 흐드러진 삼을라 솟아난 탐라땅 되옵
네다
흰 사슴이 은하를 끌어당기는 한라산 제주땅 되옵
네다
일 년은 열두 달 삼백예순 오름자락 되옵네다

무슨 연유로 올리는 이 공서냐 하옵거든
옷이 없는 이 공서 아닙네다
밥이 없는 이 공서 아닙네다
사람이 살암시면 옷과 밥은
빌어서도 옷이요 얻어서도 밥입네다마는
한 해가 솟고 하루가 열리는 일출봉 성산 그 어간에
무쇠로 만든 시조새들이 뜨고 내리는

무지막지한 공항이 새로이 들어선다는 험악한 전갈
되옵네다
　청정한 하늘 아래 귤밭 위에 당근밭 위에
　잿빛 시멘트 깔리고 시커먼 콜타르 덮이면
　일 년 열두 달 꽃 한 송이 풀 한 포기 못 키우는
　불임의 땅 되는 게 뻔한 이치 아니옵네까
　살아 있는 것들은 삶터를 빼앗기고 시나브로 삶도
뒤틀리고
　굵은 뿌리 잔뿌리 몽땅 거덜나게 되어
　하는 수 없이 어쩔 수 없이 눈물로 올리는 이 공서
되옵네다

　할마님아 설문대할마님아
　치마폭에 흙 나르며 할마님 치성으로 가꾼 땅
　이 섬 되옵네다 영주 한라산 되옵네다
　옹긋봉긋 올망졸망 삼백예순 오름 되옵네다
　사람이 열고 바람이 끝맺은 큰 올레 작은 올레 되옵
네다

오름과 오름 사이 아름드리 팽나무 그늘

　아바님 뼈를 빌고 어마님 살을 빌고 할마님 숨결
받아

　더불어 한 세상 나누며 살다가 토란잎에 이슬처럼

　이우는 햇살처럼 후여후여 오름 올라 오름 되는 게

　우리네 삶 아닙네까 섬의 살림 아닙네까

　먼 후손에게 잠시 잠깐 빌린 곱디고운 한라산 자락

　뿌리고 거두며 살다가 본디 모습 그대로 돌려드리
는 게

　자연의 섭리 아닙네까 사람의 법도 아닙네까

　할마님아

　죽어 섬으로 환생한 설문대할마님아

　시조새가 뜨고 내리려면 오름을 잘라야 한다 하옵
네다

　할마님 살점을 없애야 한다 하옵네다

　할마님 숨결을 끊어야 한다 하옵네다

　시조새가 회항할 때 국제적인 규정에는

왼쪽 오른쪽 두 갈래 회항로가 있어야 한다 하옵네다

그나마 우리 법에는 한쪽 회항로만 있어도 된다 하여

만약 산 쪽을 버리고 바다로 하늘길 낸다면

아, 큰물뫼 대수산봉을 잘라야 한다 하옵네다

바다 쪽을 버리고 산으로 하늘길 낸다면

아, 더 많은 오름의 무르팍을 분질러야 한다 하옵
네다

탐라국 시절 왕이 나올 이 땅에

호종단(胡宗旦)이 들어와 수맥을 끊어버린 큰물뫼 되
옵네다

이참엔 수맥이 아니라 큰물뫼를 아예 뭉갠다 하옵
네다

할마님 젖무덤을 앗아버린다 하옵네다

할마님 가슴골을 메워버린다 하옵네다

오름 나고 사람 났지 사람 나고 오름 난 법 아닙네다

오름은 바람으로 말을 하고 바람으로 말을 듣는 법
입네다

쑥부쟁이 울고 소로기가 우는 건 오름이 우는 것입
네다

물매화 울고 구절초가 따라 우는 것도 오름이 우는
것입네다

국록을 받아먹는 관에서는 훼손하지 않을 거라 둘
러댑네다만

천만의 말씀입네다 이는 권고를 거스르는 일입네다

되갈라치는 일입네다 수천수만의 목숨을 하찮게 여
기는 일입네다

할마님아 설문대할마님아

2016년 12월에 끝난 공항 부지 예비타당성 조사는

안전을 위해서는 어떤 오름은 잘라야 하고

어떤 오름은 굼부리를 메워야 한다는 권고를 합네다

기획재정부에 의하면 오름의 운명은 둘로 나뉩네다

목 잘리는 오름과 몸통 날아가는 오름 되옵네다

목 잘리는 오름 호명하고 잘릴 높이 고시합네다

홀로 있어 독자봉, 60m 되옵네다

왕(王) 자 모양 형국이라 왕뫼, 55m 되옵네다
족은물뫼와 곱 갈라 큰물뫼, 40m 되옵네다
너른 들판에 달이 숨어 은다리오름, 40m 되옵네다

몸통 날아갈 위기에 으악새 우는 오름들 호명하옵
네다
수산평 한녘에 외떨어진 낭끼오름 되옵네다
산세가 뒤로 굽어 뒤굽은이 되옵네다
난산리 북서쪽 유건 같은 유건에오름 되옵네다
펑퍼짐한 등성마루 나시리오름 되옵네다
누운 형상이 어미개 닮아 모구리오름 되옵네다
태곳적 섬의 산야가 물에 잠겼을 때
담배통만큼 남았다 하여 통오름 되옵네다

할마님아 설문대할마님아
공항 부지가 들어설 예정인 성산 일대는
텃새는 물론이고 천혜의 철새 도래지 되옵네다
해마다 달마다 30여 종 많게는 1만 철새들이 예서

겨울을 나고
　잠시 떠났다 어김없이 예로 돌아오는 곳 되옵네다
　그들의 보금자리가 바로 이곳 일대 되옵네다
　한데, 그들을 몰아내고 무쇠로 만든 시조새를 들이
려 하고 있습네다
　더욱 가관인 것은 환경부 연구원에서 이미 성산 일
대는
　조류 충돌 위험이 있어 공항 입지로 부적합하다는
　의견을 냈는데도 국토부는 제주도는 요지부동입네다
　모르는 건지 모르는 척하는 건지 그저 복지부동입
네다
　청와대도 난 모르쇠입네다 바다 건너 불구경입네다

　지난 8월이옵네다
　러시아 주콥스키 공항에서 승무원과 승객 233명을
태운 비행기가
　이륙 직후 인근 옥수수밭에 비상착륙한 일이 있습
네다

최소 27명이 다치고 기체는 재비행이 불가할 정도였
는데
　원인은 다름 아닌 조류 충돌이었다 합네다
　새의 길을 무단 침범한 비행기가 저지른 참사입네다
　있을 수도 없고 있어서도 안 되는 끔찍한 일 되옵네다
　불문하더라도 비행기의 원조는 새입네다
　해서, 비행기는 새의 형상을 본뜬 것입네다
　비행기는 결단코 새를 넘볼 수 없는 법입네다
　새들이 낸 저들의 길을 아무리 만물의 영장이라 한들
　4대강 내듯 8차선 뽑듯 제멋대로 내고 뽑을 수는 없
는 법 아닙네까

　정작 사람들에게 필요한 건 비행기 소음이 아니웨다
　눈 덮인 중산간 청량한 어느 날
　푸른 잎 붉은 동백에 앉아 삐삐뾱익 삐익 하루를 여는
　동박새 노랫소리가 바로 제주요 제주다움입네다
　사람들이 그래서 섬을 찾고 또 찾는 것 아니옵네까
　철새도 아니 오고 새소리도 아니 들리는

오직 차바퀴 소리와 하늘 가르는 비행기 소음만 있
다면
누가 섬을 찾고 다시 찾으려 하겠습네까

할마님아
만물만상에 숨을 불어넣으시는 설문대할마님아
성산 일대 제2공항 부지에서 12km 안쪽에는
물색 고운 천연기념물 휘휙 휘히익 팔색조가 사옵
네다
삐뾰삐뾰삐 긴꼬리딱새도 사옵네다
휙휙 뿍뿍 천연기념물 두견이도 사옵네다
두견이 알을 품는 휘― 쩍쩍쩍 섬휘파람새도 사옵
네다
멸종위기종 백조, 큰고니도 살고 흰이마기러기도
사옵네다
노랑부리저어새도 살고 흑로도 살고 댕기물떼새 도
요물떼새도 사옵네다
이 어진 목숨들 굽어 살펴주시옵서

이 여린 생명들 품 안에 품어주시옵서

할마님아
혼은 혼반에 넋은 넋반에 주신 설문대할마님아
이젠 혼도 없고 넋도 없는 섬이 되어가려 하옵네다
어스름 새벽에 일어나 상웨떡 돌레떡 구덕에 담고
흰 술 한 병에 계알 안주 등짐에 지고 걷고 또 걸어
정성으로 치성으로 빌고 빌었던 마을 본향이
공항 부지에 들어가면서 없어진다 하옵네다 사라진
다 하옵네다
손금이 닳도록 빌고 빌었던 본향이
넋 들일 새도 없이 혼 들일 틈도 없이
신목도 없어지고 흔적도 사라진다 하옵네다

돌아보저 하옵네다 돌아보저 하옵네다
공항 부지 온평리 돌아보저 하옵네다
진동산본향한집당 되옵네다
곤밥 한 그릇 얻지 못해 없어질 당 되옵네다

서근궤당, 냇빌레돗당 되옵네다

미음 한 모금 먹지 못해 사라질 당 되옵네다

돌갯동산되옵네다

현씨일월당, 요드렛당, 할망당 되옵네다

곤밥 한 그릇 얻지 못해 없어질 당 되옵네다

용머리일뤳당, 돌혹돗당, 묵은열운이당 되옵네다

미음 한 모금 먹지 못해 사라질 당 되옵네다

공항 부지 수산1리 돌아보저 하옵네다

울뤠모루하로산당 되옵네다 진안할망당 되옵네다

곤밥 한 그릇 얻지 못해 없어질 당 되옵네다

공항 부지 신산리 난산리 돌아보저 하옵네다

멩오할망당, 고장남밧일뤳당 되옵네다

미음 한 모금 먹지 못해 사라질 당 되옵네다

격대모루일뤳당, 골미당 되옵네다

곤밥 한 그릇 얻지 못해 없어질 당 되옵네다

총기 흐려 이름 올리지 못한 당도 수두룩 되옵네다

미음 한 모금 곤밥 한 그릇 먹지도 얻지도 못해

말라죽을 당 되옵네다 굶어죽을 당 되옵네다

할마님아

오늘을 관장하고 내일을 점지하시는 설문대할마님아

계획에 의하면 공항 부지 면적이 성산읍 일대

545만㎡라 하옵네다 165만 평이라 하옵네다

축구장 780개가 들어서고도 남는 몸집이라 하옵네다

민생은 팽개치고 저들끼리 쌈박질에 날 새는 줄 모

르는

여의도가 두 개 들어앉을 덩치라 하옵네다

2025년까지 5조1천억을 들이붓는다 하옵네다

억 소리만 들어도 억 하고 숨통이 끊어지는데

마른 가슴 애산 가슴 산산조각 억장이 무너지는데

조를 쓴다 하옵네다 자그마치 5조를 쓴다 하옵네다

조 하면 모인좁쌀 흐린좁쌀밖에 모르던 사람들이옵

네다

조조 하면 닭 모이 주는 소리로만 알던 사람들이옵

네다

가없이 많고 하염없이 커서 도대체 가늠이 안 되는

땅덩어리옵네다 돈다발이옵네다

할마님아 설문대할마님아
등잔 밑 어머니가 배냇저고리 짓듯
한 땀 한 땀 꼼꼼하게 살피고 촘촘하게 또 살펴야 하
옵네다
돌아보고 다시 돌아보고 한 번 더 돌아보아야 하옵
네다
바느질 자리가 어긋났다 싶으면 내일의 아이를 위해
좌고우면 없이 실밥 뜯고 첫 자리로 돌아가야 하옵
네다
한번 엎질러진 물은 도로 담을 수 없는 게 세상 이치
아니옵네까
엎질러지기 전에 한 마음 두 손에 받쳐 내일의 아이
들에게
고이 되돌리는 게 우리네 몫 우리네 일 아니옵네까
한순간 엎질러지면 이미 백약이 무효한 법 아니옵
네까

할마님아

영험하고 자애하신 설문대할마님아

동지섣달 엄동설한에 도청 앞에서 광화문에서

풍찬노숙 살얼음판에 곡기 끊어 사랑을 이루려는
사람 있사옵네다

때 되면 태 사른 땅에 몸을 눕힐 여리고 어진 사람들
되옵네다

그 마음 그 성정 말로 글로 다할 수 없어

흰 종이에 흰 글씨로 몇 자 적어 이 원정(原情) 올립
네다

해

설

제노사이드의 비극성과
'장소의 혼(Genius Loci)'

서안나(시인)

1. 공포의 누수와 '고통의 언어' 제주어

> "나는 내 언어를 교과서에서 배웠다. 모르는 언어가
> 눈에 띄면 표준이 되는 언어만 실려 있는 국어사전에
> 기댔다. 그러나 어머니는 당신의 언어를 삶에서
> 체득했다. 바닷물에 절고 바람에 씻겨 오로지 알갱이만
> 남은 언어로 어머니는 울고 웃고 사랑하고 또 싸웠다. (…)
> 문학에 뜻을 두고 제주의 속살에 관심을 갖기 시작하면서
> 조금씩 어머니의 언어가 귀에 들어왔다. 어머니의 삶을
> 이해하기 시작하면서 그 언어의 소중함을 알았다."
> —「섬에서 시인으로 살아간다는 일」,『달보다 먼 곳』

『날혼』은 김수열 시인의 8번째 시집이다. 김수열 시인은 1982년 『실천문학』으로 시 등단과 교직 생활, 제주지역 전교조 창립과 활동, 그리고 마당극 〈수눌음〉 창작 연출 등 제주 지역 문화 활동에 주도적으로 앞장서 왔다. 그의 시 작업이 귀하고 의미 있는 이유는, 시인의 삶과 문학적 이력이 긴밀하게 연동되기 때문이다. 김수열 시인이 그간 집중해 온 문화운동과 시 세계의 핵심 요체가 4·3 정명 작업과 제주의 현안 문제 해결에 있다. 그가 시 창작과 다양한 현장 참여 활동을 통해 4·3 정명 작업에 공을 들인 가장 큰 이유는 제주에 관한 뜨거운 애정일 것이다.

이처럼 현장성을 중시하는 그의 행보는 시 「폐가」에 나오는 "구짝" 가는(여러 갈래로 가지 않고 한 길로만 고집스럽게 가는 것) 것이며, "내가 처음 만난 4·3"을 대면했던 최초의 정신에서 흔들리지 않고 걸어온 그의 실천적 의지에 있을 것이다.

이번 시집 『날혼』 역시 그 연장선상에 있다. 제주 공동체의 상흔을 보듬고 상생의 화두를 위해 나아가고 있다. 김수열 시에서 우리가 진정성과 감동을 받는 이유 역시 그의 실천적 행보에 있을 것이다. 그는 시를 통해 4·3으로 인한 트라우마와, 4·3 이후 우리가 나아가야 할 미래를, 그 의지의 방향성을 시로 제시하기 때문이다. 이를 통해 김수열 시인의 시가 문학 이론이나 창작론에 경도된 시가 아닌, 마치 심방(무당)의 공수 같이 날것의 현장성과 타자의 울음을 온몸으로 받아 적는 시인임을 거듭 확인할 수 있기 때문이다.

그간 김수열 시인은 7권의 시집과 4·3 시선집 그리고 산문집 3권을 출간한 바 있다. 20대 문청 시절 마당극 대본 집필과 연출을 위시하여 그간의 다양한 작업 이력이 이번 시집에 오롯이 목소리를 내고 있다. 처음 시집 원고를 읽었을 때, 가슴뼈가 뻐근하게 아팠다. 시집 곳곳에 자리 잡은 '학살'이란 고통의 서사에 수도 없이 부딪쳤기 때문이다. 공권력의 폭력성과 대량학살을 시적 소재로 삼은 작품들이 많았다. 그렇다고 이번 시집이 죽음의 레퀴엠만을 부르고 있지는 않다. 평화롭고 안온한 유년 시절의 추억과 제주의 토속적인 습속과 제례문화, 음식문화 그리고 추억담을 통해 제주라는 '장소의 혼(Genius Loci)'이 깃든 시 세계를 지향하고 있다.

시집 『날혼』이 흥미로운 점은 시집 5부에 선보이는 장시들이다. 장시에서는 '나'가 심방(무당)을 거치지 않고 직접 중개자의 역할을 하는 발화 방식의 변용을 선보이고 있다. 김수열 시에서 주요한 개성인 시간의 혼융과 '굿'의 제의 형식 차용 그리고 제주어 구사는 공동체의 연대감을 중시하고 있다는 점에서 이번 시집을 주목하게 한다.

삼십 년도 훌쩍 넘었지만 어제 같은 기억이 있다

표선에서 성읍 지나 걸어 걸어 낡고 반갑고 적막한 초가
몇 채 만났다
물 한 모금 얻을까 정낭 지나 안으로 들었다 삼방문도 정
지문도 닫혀있었다
있수과? 있수과?

기척이 없었다
조심스레 삼방문 열었다

아, 족대가 족대가 마루널 틈새 틈새로 족대가 시퍼런 족
대가 퍼렇게 구짝구짝 초가를 뚫고 나란히 나란히 삼방 가득
족대가
숨이 탁 끊기고 털썩 주저앉고 말았다
삼복인데 등골이 서늘했다

대천동 어디쯤이었고 내가 만난 첫 번째 4·3이었다

—「폐가」전문

오도롱 주재소였다
애야, 착하지? 산에서 있었던 일, 다 말해보라, 어른들이 뭘

했는지 아네? 뭐라 말했는지, 생각나네? 아는 거이, 생각나는
거이, 다 말해보라,

고럼, 사탕 주가서

오도롱 폭낭 아래였던가

허이고, 착하지이? 산에서 배운 노래, 불러보라, 원수와 더
불어, 알아? 날아가는 까마귀야, 생각나멘? 아는 냥, 생각나
는 냥, 한번 불러보젠?

게믄, 사탕 주커메

　　　　　　　—「네 살짜리가 뭘 안다고⋯⋯—김성주」전문

　「폐가」는 시인이 4·3에 관한 문제의식의 출발점을 다
루고 있는 작품이다. 약 30여 년 전 시인으로 보이는 '나'
가 첫 대면한 4·3을 언급하고 있다. 대학 친구들과 3박 4
일 일정으로 제주 중산간 순례 중, 목이 말라 물을 얻어
마시려 들른 허름한 집에서 마주친 죽음의 공포가 잘 드
러나고 있다. 나는 "있수과?"(계세요?)라며 집의 문을 열었
을 때, 나에게 먼저 얼굴을 내민 것은 낡은 마루 틈새와
삼방(대청)을 가득 채운 "시퍼런 족대(이대 – 인용자)"였다.
솟구쳐 오르는 족대는 "퍼렇게 구짝구짝(곧게 – 인용자)" "초
가를 뚫고 나란히 나란히" 솟아오르고 있었다. 죽음이 밀
어 올린 시퍼런 족대와 집 안에 고여 있던 고요는 죽창처

럼 날카롭기만 하다. 그 날카로움은 여름 "삼복인데"도 "나의 등골"을 "서늘"하게 하는 것이었다. 그 이유는 시퍼런 족대가 지붕을 뚫고 오르는 힘은 억울하게 죽은 영혼의 힘이기 때문이다. 이는 김수열 시에서 고요가 공포를 생산하는 방식으로, 시적 화자의 목소리가 극도로 축소되고, 대신 대량학살의 비극을 족대라는 시적 대상을 통해 우회적으로 제시한다. 마치 언제 터질지 모르는 시한폭탄 같은 팽팽한 고요에서 공포가 누수되고 있음을 감지할 수 있다.

「네 살짜리가 뭘 안다고……―김성주」는 제주의 김성주 시인의 유년 시절 실제 체험한 입산 경험을 시적 소재로 삼고 있다. 4·3 때 4살이란 어린 나이에 부모를 따라 한라산으로 입산했던 어린 소년은 산을 내려온 후에도 서북청년단과 경찰에게 '빨갱이'라는 낙인이 찍혀 수사의 표적이 되고 있다. "오도롱 주재소"("주재소"는 원래 일제 강점기에 경찰 업무를 수행하던 작은 규모의 경찰서를 의미한다)와 폭낭 아래서 그 가난하고 배곯던 시절, 삶과 죽음이 뒤엉키던 시절, 나이 어린 소년에게 사탕이란 참을 수 없는 유혹이 아닌가. 사탕으로 어린 소년을 유인하는 사상 검증의 과정은 잔인하고 위태롭다.

시의 제목처럼 겨우 4살짜리 어린 소년을 달콤한 사탕으로 유인하여, 입산자들의 동태를 파악하려는 시적 상황은 시를 읽는 독자들에게 공포감을 경험하게 한다. 그리고 이때 독특한 점은 어린 소년을 유인하는 주체들이 사용하는 언어에 있다. 먼저 1연에 제시된 서북 사투리를 통해 제주에 유입되어 학살의 주체가 된 서북청년단의 심문 과정임을 알 수 있다. 또한 2연은 1연과 심문의 내용이 유사하지만, '인민군가'와 '빨치산 노래'를 불렀음을 유도하는 이가 제주어를 구사하고 있다는 점이다. 이처럼 동심까지 악용하는 심문 과정이 어린 소년의 경우도 예외가 아니라는 점에서 그 잔인성과 숨겨진 공포를 독자들에게 감각하게 한다.

아흔여섯 쌍둥이 할망이 열다섯에 사진관 가서 찍은 갑장 모임 사진을 코앞에 두고 손가락으로 하나하나 짚으면서 오물오물 중얼중얼하신다

야이 죽고, 야이 죽고, 야이 죽고, 야인 임실이, 야이는 잘도 멋쟁이, 멋쟁인 데령 가지 말아사 허는디 임실이도 죽고, 야이도 야이도 죽고, 몬딱 죽어부렀구나, 하이고, 잘도 죽었져

저승차사는 멋쟁이도 데려갔는데 한평생 쫑까로 살아온 쌍둥이 할망은 아직 데려가지 않았다

—「기념사진」 전문

혼례 한 달 앞두고 샛아버진 샛어머니 되실 분이영 같은 날 잡혀갔수다 샛아버진 대구형무소에서 폐렴으로 돌아가셨는데, 위독하다는 전갈 받고 할아버진 안부 편지 보내면서 치료비도 보탰는데 어찌된 영문인지 반송되고 얼마 지나지 않아 사망통지서가 왔덴 헙디다 결국 할아버진 아들의 수습을 포기할 수밖에 없었고

샛어머니 되실 분은 경찰에 잡혀간 후 연락이 끊겼는데 나중에 확인해보니 전주형무소에서 복역하다 전쟁 나고 행방불명되었젠 헙디다

이승에서 못 다한 인연 저승에서라도 이어가라고 사혼식 올려드려십주

―「죽은 혼사」 전문

위의 두 편의 작품은 모두 4·3을 체험한 희생자 유족의 진술이 중심이 되고 있다. 「기념사진」과 「죽은 혼사」에서 4·3에 억울하게 희생된 친구들을 그리워하는 할머니의 서사와 샛아버지와 샛어머니의 죽음을 안타까워하는 유족의 슬픔이 제주어로 구사되고 있다. 이때 제주어 구사를 통한 고백적 진술은 사실적 재현의 효과를 강화한다. 동시에 시를 읽는 독자들에게도 4·3의 비극성과

절박함을 추체험하게 한다. 시에서 독특한 점은 작품 첫 행과 마지막 행에서만 시적 화자의 진술이 등장하고 있을 뿐, 가치 판단이나 교조적인 태도를 취하지 않는다. 발화의 주도권을 작품 내의 인물에게 넘기고 있다. 이러한 장면 제시는 김수열 시 세계의 특징 중 하나로 피해자의 직접적 진술을 통한 구술성이 사건의 비극성을 증폭시킨다.

「기념사진」 역시, 시에서 발화하는 이는 "아흔여섯 쌍둥이 할망"이다. 화사했던 열다섯에 갑장(동갑내기 친구)과 함께 촬영한 사진을 보며, 그녀는 4·3 때 희생된 이들의 이름을 차례로 호명하고 있다. "쌍둥이 할망"이 죽은 친구의 이름을 하나씩 호명하는 행위는 시에서 이중적 효과로 기능한다. 똑똑하고 야무졌던 멋쟁이 친구들은 모두 저승으로 데려가고, 쫑까 같은(덜 떨어진) 비루한 자기 자신만 남았다는 자조적인 진술에서, 노인의 고백은 독자에게 비애미의 강렬도를 환기하고 있다.

다른 하나는, 시적 화자의 선언문적이거나 명령조의 목소리 대신, 체험자의 진술을 통한 우회적 제시이다. "야이(이 아이 - 인용자), 임실이"라는 존재를, 죽은 이를 현재로 호출하여 새로운 생명성과 주체로서의 힘을 부여하는 행위이다. 죽음을 뚫고 부활하는 이 신생의 과정은 호명을 통해서이다. 곧 죽은 몰명(沒名)의 존재를 현실로 호출하여 안개에 쌓인 골짜기에 방랑하는 혼령들을 새롭게 태어나게 하는 과정이다. '몰명'의 세계에서 '있음의 존재'로 복권되는 의미를 지닌다. 이때 이 행위가 중요한 이유는 곧 4·3 정명 작업과 그 맥락을 같이 하고 있기 때문이다.

「죽은 혼사」역시, 4·3 유족의 체험적 진술이 작품 전면에 등장하고 있다. "혼례"를 "한 달 앞두"었던 "샛아버지와 샛어머니 되실 분"이 "같은 날 잡혀"가고 결국 샛아버지는 죽음을 맞는다.(제주에서는 아버지 형제 중 둘째인 작은아버지와 처를 샛아버지, 샛어머니라고 부른다.) 또한 새색시의 꿈에 부풀어 있던 샛어머니 역시 투옥 과정 중 행방불명이 되고 만다. 유족은 이들의 슬픈 영혼을 위해 죽은 뒤에 치르는 '죽은 혼사'를 올려 한을 풀어 주었다는 내용이다.

이 두 작품에서 쌍둥이 할망 혹은 샛아버지를 위해 죽은 혼사를 치른 유족의 목소리는 제주어 방언 구사를 통해 국가 공권력이 지닌 폭력성을 강조하고 있다. 또한, 묘사를 통해 사건을 객관적으로 제시하고, 시의 말미에 우회적으로 그 비극성을 강조하는 특징을 보이고 있다. 「기념사진」의 "할망", "갑장", "야이 죽고(이 아이도 죽고)", "데령 가지 말아사 허는디(데리고 가지 말았어야 했는데)", "몬딱(모두)", "잘도 죽었져(많이도 죽었구나)"나 「죽은 혼사」의 '샛아버와 샛어머니', "사망통지서가 왔던 헙디다(사망통지서가

왔다고 합니다)", "행방불명되었젠 헙디다(행방불명이 되었다고
전해 들었어요)"(이상 괄호 안—인용자)와 같은 제주어가 구사되
고 있다.

특히 이번 김수열 시집에는 제주어로 구사된 작품의
수가 유독 많다. 시에서 제주어 구사는 단순히 사건의 정
황 제시뿐만 아니라, 현장감을 생생하게 전달하는 효과
가 있다. 하지만 제주어가 소통의 지점에서 하나의 장벽
일 수 있다는 점에서 김수열 시인이 제주어를 구사한다
는 점은 실로 하나의 도전인 동시에 시인의 당당한 배포
가 그 밑바탕에 깔려 있음을 알 수 있다.

그렇다면 왜 시인은 시에 제주어를 구사하면서 각주
처리도 하지 않는 것일까? 김수열 시집에서 구사되는 제
주어는 지역적 특색과 특정 경계를 이월하는 '고통의 언
어'이기 때문이다. 제주어가 표준어와 달리 제주지역 특
유의 삶과 환경, 고유한 정서를 포착하고 있으며 더 나아
가 제주에 근저한 고통의 서사와 그 현장성의 리얼리티
를 획득할 수 있기 때문이다. 제주어는 독특한 어휘와 문
법적 구조를 지니고 있어 당대 발발한 사건의 비극성의
현장을 포착할 수 있는 효과를 지닌다.

김수열의 시에서 이러한 구술성은 곧 바흐친의 다성성
과 긴밀하게 연결된다. 작품 안에 다양한 이들의 목소리
를 입체적으로 재현함으로써, 제주4·3의 대량학살의 수

난과 참혹한 기억을 입체적으로 재현하고 강조할 수 있기 때문이다. 또한, 작품의 내적 갈등 구조를 통해 사회적 맥락과 역사적 기억을 반영하여, 보다 풍부한 의미로 확장되고 있다. 단순히 개인적인 서사를 넘어 보편적인 인간 경험에 대한 깊은 탐구가 이루어지고 있다. 이는 곳 '저항의 언어화'인 동시에, 억압된 역사적 기억과 고통을 제주어를 통해 다시 강조한다는 점에서 의미를 지닌다. 제주어의 직접적 구사는 시를 읽는 독자에게 제주4·3과 타지역에서 자행된 학살의 고통 그리고 그에 얽힌 역사적 맥락을 더 깊이 이해하게 만들며, 제주어가 저항의 언어로 기능하는 방식을 주목하게 한다.

2. 제노사이드 목록과 데칼코마니 기법

미얀마항쟁이 백 일째로 접어들던 어느 날
'그들은 머리를 겨누지만
혁명이 심장에 있다는 걸 모르고 있다'고 외친
나이 마흔다섯 미얀마 시인 켓 띠는
미얀마 군부에 의해 어디론가 끌려간 후
심장과 모든 장기가 적출당한 채
하루 만에 텅 빈 주검으로 버려졌다

켓 띠의 외침을 듣고서야

혁명이 머리가 아니라 심장에 있다는 걸 알아챈 그들은

닭 잡듯 개 잡듯 시인의 심장을 도려낸 것이다

그러나 안타깝게도 그들은

시인이 말하는 심장의 의미를 미처 알지 못했다

심장을 도려내는 기술은 눈부셨으나

심장이 바로 사랑이란 걸 전혀 눈치채지 못했다

가슴에서 가슴으로 밀물져오는

자유와 민주와 평화에 대한

인간의 존엄에 대한 뜨거운 사랑이라는 걸

그들은 알지 못했고 알려 하지도 않았다

약탈당한 심장 대신 수만의 사랑으로 되살아난

미얀마 시인 켓 띠는 세 손가락 치켜들고

세상의 심장을 향해 외치고 있다

우리의 시에 심장이 없다면

그건 시가 아니다

우리의 노래에 심장이 없다면

그건 노래가 아니다

결코 혁명이 아니다

―「심장 없는 시인, 켓 띠」 전문

「심장 없는 시인, 켓 띠」는 미얀마의 저항 시인 '켓 띠 (Khet Thi)'의 참혹한 죽음과 공권력의 학살 정황을 고발하는 작품이다. 켓 띠의 심장과 장기까지 적출한 충격적인 실제 사건을 시적 소재로 삼고 있다. 시인 '켓 띠'의 죽음은 우리에게 하나의 상징적 질문으로 작용한다. 저항정신과 혁명의 본질이 무엇인지? 더불어 공권력의 지닌 폭력성이 얼마나 악마화할 수 있는가를 여실하게 보여주고 있다.

"혁명이 심장에 있다"라는 켓 띠의 발언은, 혁명의 본질이 물리적인 것이 아닌 정신적 의지에 있다는 점을 강조하고 있다. 즉, 공권력이 혁명의 본질을 인식하지 못하고 있으며, 더불어 폭력이 얼마나 인간을 유린할 수 있는지를 고발하고 있다.

이처럼 폭압적인 공권력에 대항한다는 것은 곧 "심장이 바로 사랑"이라는 결론에 닿고 있다. "우리의 시에 심장이 없다면/ 그건 시가 아니다/ 우리의 노래에 심장이 없다면/ 그건 노래가 아니다// 결코 혁명이 아니다"라는 이 구절이 이번 시집 전체를 관통하는 핵심 키워드라 볼 수 있다. 인간에 대한 존엄과 생명에 대한 경외심이 없다면 그건 이미 시가 아니기 때문이다. 이처럼 김수열 시 세계의 특징은 인간 존재에 대한 사랑과 생명에의 경외심에서 출발하고 있다. 그런데 인간에게 자행되는 공권력의 폭력 실태는 비단 미얀마의 켓 띠에게만 한정된 사건이 아니다. 켓 띠의 이름 대신 다른 희생자의 이름을 기입하면 이는 4·3이며 제노사이드의 목록에 다름 아니다.

> 역사는 난징대학살이라 불렀고
> 일본열도는 난징대함락이라 미화했다
> 동경은 축제분위기였고 어느 식당에서는
> 난징대학살을 기념하는 새로운 상품
> 난징 국수를 출시했다
> 대성황이었고 날개 돋친 듯 팔려나갔다
> 고기 씹으면서 면발 끊으면서
> 난징을 피로 물들인 천황의 군대를 찬양했고
> 국물 들이키면서 하해 같은 천황의 은덕에
> 눈물 콧물 하염없이 흘렸다
> 덴노 헤이카 반자이!
> 덴노 헤이카 반자이!

> 일주일 만에 난징을 접수한 일본은

삽시에 난징을 아비규환 지옥으로 만들었다

미처 배에 오르지 못한 중산(中山)부두엔

산처럼 시체가 쌓여 굴비 썩듯 썩어갔고

양자강 물결은 선짓국이 되어

크고 작은 핏덩이가 둥둥 떠다녔다

썩고 타는 냄새가 난징 하늘을 먹빛으로 물들였고

비 내리고 바람 불어도 가시지 않았다

살아남은 사람도 살아 있는 게 아니었다

팔이 없거나 다리가 없었고

있다 해도 이미 동공이 비어 있었다

전쟁이 필요한 자들은 손바닥 뒤집듯

그 빌미를 만든다 그 결과 수만에서 수백만의

선한 사람들은 총과 칼 때로는 물과 불의 제물이 된다

어린아이였고 노약자였고 주로 여자였다

80년 전 오키나와를 출발한 97식 폭격기가

난징의 모든 것을 쑥대밭으로 만들고 회항길에 잠시 머물던

모슬포 알뜨르 비행장

당분간 나는 국수를 끊기로 한다

—「난징 국수」 전문

앞서 인용한 「심장 없는 시인, 켓 띠」가 미얀마에서 자행된 인권유린의 실상과 투쟁의 현장성에 집중했다면, 「난징 국수」는 1937년 일본군이 중국 난징시민들에게 가했던 '난징대학살'의 잔혹성에 주목하고 있다. 일본군의 잔혹성은 「난징 국수」에서, 동일한 사건을 두고 일본과 중국 양국민의 입장 차와 태도를 통해 구체화하고 있다. 일본을 제외한 중국과 전 세계가 "난징대학살"이라고 부르는 반면, 일본은 "난징대함락"으로 미화하고 있다. 또한, "난징 국수"라는 상품까지 출시하여 "고기 씹으면서 면발 끊으면서/ 난징을 피로 물들인 천황의 군대를 찬양"하고 "덴노 헤이카 반자이!"(천황폐하 만세)를 외치고 있다.

일본인들의 화려한 승전 축하 행렬은, "미처 배에 오르지 못한 중산(中山)부두엔/ 산처럼 시체가 쌓여 굴비 썩듯 썩어갔고/ 양자강 물결은 선짓국이 되어/ 크고 작은 핏덩이가 둥둥 떠다녔다" 등 섬뜩한 난징대학살의 살육의 풍경과 대비되고 있다. 이처럼 극명하게 대비되는 양국의 시각 차는, 자국의 이익과 배치되는 타자의 생명을 경시하는 일본의 괴물화 된 민족주의의 본질을 겨냥하고 있다.

"선짓국이 된 양자강", "썩고 타는 냄새" 등의 참상을 시인은 맹렬하게 파고들어 인간 생명의 존엄성을 저버린 학살의 잔혹함을 문제 제기하는 동시에 독자들에게 경각

심을 주고 있다. 이러한 학살의 참상은 제주의 4·3 사건의 비극을 예고하고 있다. 시의 후반부에 "80년 전 오키나와를 출발한 97식 폭격기가/ 난징의 모든 것을 쑥대밭으로 만들고 회항길에 잠시 머물던/ 모슬포 알뜨르 비행장"이란 구절에서 예측할 수 있다. 제주에 비행장 건설과 참호화를 통해 군사기지화를 꿈꾸었던 일본의 만행과 야욕의 역사를 보여준다.

표준국어대사전에 의하면 '아작'이라는 어휘에 대해

―아작 : (부) 조금 단단한 물건을 깨물어 바스러뜨릴 때 나는 소리.「본말」아지작

―아작아작 : (부) 조금 단단한 물건을 깨물어 바스러뜨릴 때 잇따라 나는 소리.

라고 풀이하면서 그 쓰임새를

'○○○ 이장은 수해 이튿날 SNS에 "아주 아작이 났다"라는 말로 수해 상황을 전했다.'

고 소개하고 있다

경북 영천 이중기 시인은 고향 아작골에 대해, 아작골을 가만히 바라보며 담담하게 한 마디 건네는데,

'원래는 절골이었다. 사륙년 시월, 양민 이백오십에서 삼백 가량이 이곳에 끌려와 집단학살 당했는데 그 이후 사람들

이 아작골이라 부르기 시작했다.'

참고로 이 내용은 표준국어대사전 용례에 실려 있지 않다
—「'아작'에 대하여」 전문

「'아작'에 대하여」는, '아작'이란 품사의 사전적 의미
와, 경북 영천의 '아작골'을 병렬적으로 배치하여 대량학
살의 잔학성을 강조하고 있다. 시의 제목에서 '아작'이라
는 단어에 강조 표시를 사용한 시인의 의도가, 이 시가 겨
냥하는 지점이 어디인지를 유추할 수 있게 한다. 독자들
역시 '아작'이라는 단어에서 흘러나오는 죽음과 폭력의
정황을 포착할 수 있다. 더불어 작품 말미에 죽은 자들의
이름을 삭제하는 공권력의 기만성 역시 대면할 수 있다.
이중기 시인에 따르면 원래 '절골'로 불리던 지명이,
"사륙년 시월 양민 이백오십에서 삼백 가량"이 대량학살
된 이후, '아작골'로 바뀌었다는 것이다. 감정이 배제되고
자조적이기까지 한 시인의 담담한 진술 태도는, 오히려
독자들에게 과거 사건의 비극성을 강렬하게 환기하고 있
다. 하지만 사륙년 시월에 아작골에서 자행된 이 야만적
학살은 교양 혹은 표준이라는 언어의 표식이 삼켜버리고
있다. '표준'이라 이름 붙인 사전에는, 결코 기록될 수 없
는 야만의 서사이기 때문이다. 이렇듯 공권력은 대량학

살이 자행된 기록을 삭제하고 누락시키면서 권력 창출과
강화와 유지를 지속한다는 점이다.

희생자들은 '아작'이라는 용례에는 기록되지 못하는
이름이 탈각된 존재인 동시에, 아작골이란 지명에서만 존
재 증명의 가능성을 지닌다. '표준'과 '사전'은 권력 유지
와 공고화라는 상징적 기표로, 문명 혹은 표준이라는 지
배 서사는 야만의 역사를 포박하고 흡수하기 때문이다.

1.

1949년 1월 3일

여수시 종산국민학교에 수용되었던 부역 혐의자 125명은
만성리 깊은 계곡으로 끌려갔다 새벽이었다

5명씩 총살당한 후에 다시 5명씩 장작 더미에 눕혀져
5층으로 쌓은 시신 더미가 5개, 125명
층층겹겹 쌓아올린 5층탑 5개에 콜타르 부어 불을 태우고
행여 가족들이 찾을까 돌덩이 굴려 덮었고
살점 타는 냄새가 달포를 넘겼다

남은 유족들, 어찌해볼 도리가 없어
죽어서라도 형제처럼 지내라고 형제묘라 하였다

2.

1950년 음력 칠월칠석날

모슬포 고구마 창고에 임시 수용되었던 예비검속자 132

명은

섯알오름 굴헝으로 끌려갔다 새벽이었다

신사동산 지나 죽음을 예감하자 신발 던져 길을 내고

새벽별처럼 와다다와다다 총성이 쏟아져 내리고

허둥지둥 찾아온 유족들에겐 가까이 오면 빨갱이라 윽박

지르고

멜젓 썩는 냄새에 눈 돌아간 마을 개가 사람을 물어뜯고

머리통 하나에 남은 뼈 몇 개 대충 맞추어 봉분을 썼다

남은 유족들, 어찌해볼 도리가 없어

한 조상 모시듯이 지내자고 백조일손이라 하였다

　　　　　　　　　　　　　　　—「데칼코마니 2」전문

　「데칼코마니 2」는 김수열 시인의 시적 구성 방식의 특
징이 잘 드러난 작품이다. 1949년 1월 여수 만성리 계곡
과 1950년 제주 섯알오름에서 자행된 대량학살을 병렬
적으로 배치하고 있다. 이번 시집에서 이러한 시적 구성
법은 여러 편의 시에서 나타나고 있다. 이때 병렬적으로

배치된 사건은 각각 이질적인 시간과 장소에서 발생한 사건이다. 하지만 대량학살의 정황은 소름 끼칠 정도로 유사하다. 여수와 제주의 대량학살은 시간차가 있지만, 이를 병렬적으로 배치하여 과거와 현재가 혼용되어 대량학살의 현장성과 공권력의 폭력성에 집중하게 한다. 이는 마치 시의 제목이기도 한 미술 장르 기법인 '데칼코마니' 기법과 유사하다.

여수의 '형제묘'와 제주 모슬포의 '백조일손'은 모두 제노사이드의 역사적 증거물이다. 형제묘와 백조일손에 잠든 이들은 모두 이름이 삭제된 몰명의 존재들로, 시를 읽는 독자들에게 권력이 폭력이 되는 지점을 리얼하게 제시하고 있다. 특히, 여수에서의 학살 장면은 인간이 사물처럼 폐기되는 상황을 여실하게 제시하고 있다. 총살된 희생자들의 시신 처리는 마치 사물이 폐기되는 과정과 유사하여 충격을 주고 있다.

제주 모슬포 고구마 창고에 수감 되었던 이들도 예외가 아니다. '백조일손'이라는 묘지가 조성된 정황을 다루고 있다. "1950년 음력 칠월칠석날/ 모슬포 고구마 창고에 임시 수용되었던 예비검속자 132명은/ 섯알오름 굴헝"으로 끌려가게 된다. 이어 자신들을 향해 쏟아지는 총알을 맞고 모두 사망한다. 하지만 발포자들은 유족들에게 시신 확인 과정마저 허락하지 않는다. 시신들의 부패

한 냄새가 "멜젓 썩는 냄새"가 되어 "마을 개가 사람을 물고뜯"었다는 사실적 묘사와, 시신을 구별할 수 없어 모두 한데 매장했다는 백조일손 묘의 서사를 담고 있다. 이는 마치 앞서 인용한 '난징대학살'이나 여수의 참혹한 학살 상황과 별반 다르지 않다. 마치 데칼코마니 기법처럼 양민 대량학살은 그 참혹함과 희생자들에게 가해진 폭력이 놀랄 만큼 유사하다는 점이다.

1

1970년 12월 15일 새벽 1시 30분경 제주도 성산포항을 떠나 부산으로 항해 중이던 정기여객선 남영호가 거문도 동쪽 33마일 해상에서 침몰, 319명이 목숨을 잃었다. 이 사고로 임검 경찰관 4명이 직무유기혐의로 구속되고 서귀포경찰서장을 입건하는 것으로 사건이 마무리되었다. 박통 시절이었다.

2

2014년 4월 15일 인천연안여객터미널을 출발, 제주로 향하던 여객선 세월호가 4월 16일 오전 8시 50분경 전남 진도군 관매도 부근 해상에서 침몰, 수학여행길에 오른 단원고 학생 246명을 포함 295명이 목숨을 잃었다. 세월호에 대한 수색은 같은 해 11월 11일 서둘러 종료되었으며 9명의 생사는 아직도 확인된 바 없다. 박그네 시절이었다.

―「부전여전」 전문

인자 울지들 말어

다시는 이런 아픔 없도록 진상 밝히고

책임자 처벌하려면

맘 다부지게 먹어야 써*

1980년 5월

고등학생 아들을 잃은

하얀 소복의 광주 어머니가

2014년 4월

고등학생 아들을 잃은

노란 리본의 세월호 어머니 손을 잡고

오래도록

아주 오래도록 놓지 않았다

* 2018년 5월 19일 《한겨레》에서 인용

―「망월동에서」 전문

「부전여전」 역시 「데칼코마니 2」처럼 병렬적 구성을
취하고 있다. 「부전여전」은 제주의 '남영호 침몰 사건'을,
「망월동에서」에서는 '세월호 사건'을 다루고 있다. 남영

호 사건은 1970년 제주발 부산행 여객선이 해상에서 침몰한 사건이며, 세월호 역시 2014년 4월 16일 어린 생명들을 앗아간 해상 침몰 사건이다. 하지만 두 사건 모두 수많은 사상자가 속출하였음에도 정부의 부적절하고 무책임한 위기 대응 능력이 동일하다는 점이다. 데칼코마니 기법처럼 두 사건 발생 당시 집권하던 대통령이 '부녀 간'이라는 점이다.

위 작품에서 공통점은 사건의 경위를 구체적 날짜와 희생자 수를 명시하여 사건의 실재성과 중요성을 부각하고 있다. 그리고 「망월동에서」와 「부전여전」에서도 상이한 시대의 유사한 사건을 병치하여 부정적 역사의 반복성을 강조하고 있다. 이때 독특한 점은, 시적 화자의 목소리 대신 사건 희생자와 유족의 목소리가 작품 전면에 등장한다는 점이다. 이는 독자와의 공감대를 형성하는 시적 장치이며, 「망월동에서」에서 "하얀 소복"과 "노란 리본"을 통해 각 사건이 지니는 상징성도 제시하고 있다. 이러한 다양한 시적 장치의 활용은 김수열의 시에서 역사 의식과 사회비판을 강화하는 역할을 하고 있다. 더 나아가 한국 현대사의 비극적이고 안타까운 사건을 시적으로 재구성하여, 역사적 성찰과 사회적 책임감을 일깨우는 동시에 연대와 치유의 필요성까지 강조하고 있다.

3. 토포필리아(Topophilia)와 장소의 혼(Genius Loci)

　날은 갈라 신축년 정칠월 스무나흘 되옵네다./ 무슨 연유로 올리는 이 공서냐 허옵거든/ 밥이 어신 이 공서도 아니옵고/ 옷이 어신 이 공서도 아니웨다./ 옷광 밥은 사람이 살암시믄/ 빌어서도 밥이요 얻어서도 옷이우다마는/ 무자·기축년 그 험악한 시절에/ 조 갈고 보리 갈던 밭을 뒤로허고/ 안거리 밖거리 뒤로허고/ 풍낭거리 뒤로허고/ 땅 설고 물 설은 길을 떠나/ 혼으로도 넋으로도 돌아오지 못한/ 무등이왓 영혼영신님네/ 삼밧구석 영혼영신님네/ 조수궤 영혼영신님네/ 사장밧 영혼영신님네/ 동광리 영혼영신님네/ 혼디 불러모아 치성으로 정성으로 올리는/ 이 공서 되옵네다.// 돌아올 수 없는 마을, 무등이왓 목 좋은 밭이/ 동광 삼촌님네 손을 빌어/ 철없고 분시 어신 것들이/ 있는 정성 없는 정성 모두아 좁씨를 뿌리고/ 고고리가 덩드렁마께 고치 여물민/ 그걸로 오메기떡을 맨들앙/ 누룩에 술을 빚고/ 그 험악헌 시절 오갈디 어신/ 동광리 삼촌덜 모다정 살던/ 큰넓궤에 정성으로 치성으로 보관허였다가/ 내년 사삼 때 삼만 영혼영신님 신전에/ 맑은 술 혼잔 올려보카 허연 드리는/ 이 공서 되옵네다.// 험악헌 사삼 시절/ 동광리에서 죽어간/ 억울허고 원통헌 일백오십육 영혼영신님네/ 이름도 올리지 못헌 무명 영신님네/ 조농사엔 헌 건 들어본 적은 있수다만/ 허여본 적은 어신

분시 모르는 것들이우다/ 저 푸르른 것이 조인지 검질인지도
/ 분간 못허는 철딱서니 어신 것덜이우다./ 분시 어신 것덜이
엔 내무리지만 말앙/ 잘못허는 일 있걸랑 크고 족게 욕허영
바로잡아주곡/ 초불 두불 세불 검질도 잘 다스려 주시곡/ 이
제 고고리 여물어가민/ 죽자사자 달려들 온갖 참새 왼갖 잡
새들도/ 솔솔 달래엉 저 밭담 너머로 강 놀렌 잘 고라주십
서.// 오늘 설상은/ 옛 선생님네 허던 법대로 밥도고리에 메
올렸수다/ 수정에 맞게 숟가락 올리고 청새도 올렸수다/ 주
잔그릇도 수정에 맞게 올렸수다/ 사삼 시절/ 서룬 나이에 죽
은 두린 영혼영신님네 적시로/ 동고리사탕도 몇 개 올려시메
/ 하다 칭원허게 생각 마랑 이 술 한 잔 받앙 가십서/ 넋은 넋
반에 담곡 혼은 혼반에 담아/ 이 술 한 잔 올럼시메/ 동광리
삼촌덜 아픈 디 어시 허여주곡/ 여기 참여허신 많은 분덜/ 넋
날 일 혼날 일 어시 허여주곡/ 허는 일마다 잘 되게 두루두루
굽어 살펴주십서이

—「무등이왓 땅살림굿」 전문

시집의 5부에 배치된 작품 중 「무등이왓 땅살림굿」은
무자, 기축년에 무등이왓에서 대량학살 된 몰명의 영혼
들을 조농사에 초대하여 예술가들과 함께 농사짓자는 청
원이 중심 내용을 이루고 있다. 기존의 시 작업에서 심방
이 대리자가 되어 4·3 때 죽은 영혼들을 현재로 초대했

다면, 이 시에서는 시적 화자가 직접 심방의 역할을 수행하는 특징을 선보인다.

'무등이왓'에서 '땅살림굿'을 행하는 이유는, 무등이왓이 4·3 때 대량학살 당한 이들이 살았던 터전이기 때문이다. 죽은 영혼들이 무등이왓에서 조와 보리농사를 짓고, '그 밭과 집의 안거리와 밖거리와, 퐁낭이 있는 거리'(안채와 바깥채와, 팽나무)를 온몸으로 부대끼며 살았던 곳이다. 때문에 희생자들에게 무등이왓은 재생 의지를 염원케 하는 곳이다. 하지만 그들은 "안거리 밖거리 뒤로허고/ 퐁낭거리 뒤로허고/ 땅 설고 물 설은 길을 떠나/ 혼으로도 넋으로도 돌아오지 못"하고 있다.

때문에 '나'는 굿판에 예술가들과 죽은 자의 영혼을 "혼디"(함께) 초대하고 있다. "험악헌 사삼 시절/ 동광리에서 죽어간/ 억울허고 원통헌 일백오십육 영혼영신님"과 "이름도 올리지 못헌 무명 영신님", "삼밭구석 영혼영신님네", "조수꿰 영혼영신님네", "사장밭 영혼영신님네", "동광리 영혼영신님네"와 동광리 삼촌(어른들) 그리고 철딱서니 어신(철 없는) 예술인들이 함께 연대하여, 죽은 영혼들이 지었던 조농사를 함께 하자고 청원하고 있다.

시에 등장하는 '조농사' 기획은 실제 제주민예총 소속 예술가와 동광리 마을 주민이 함께 실행하고 있는 프로젝트이다. 이 기획은 시에서도 잘 나타나 있듯 '땅'을 매

개로 이루어진다. 곧 우리 삶의 토대이자 대지인 무등이
왓의 '장소의 혼(Genius Loci)'에 집중하고 있다. 장소성을
의미하는 '토포필리아(Topophilia)'는 그리스어로 '장소, 곳,
땅'을 의미하는 토포스(Topos)와 '애착'과 '사랑'을 뜻하는
필리아(Philia)의 합성어이다. 이는 특정 장소에 관한 애착
과 사랑을 뜻하며, 특정 장소가 인간 존재를 이어주는 정
서적 관계를 강화한다는 의미를 담고 있다.

또한, 크리스티얀 노베르크 슐츠는 그의 저서『장소의
혼』에서 '장소의 혼'이란 특정 장소가 가진 고유한 정체
성과 분위기를 의미"한다고 강조한다. 특정한 장소에는
"시간의 흐름, 역사적 사건, 그리고 그곳에서 살아온 사람
들의 삶이 축적"되어 있으며, '장소의 혼'은 땅과 장소의
가치를 높이고, 의미 있는 공간을 창조하는 데 중요한 역
할을 한다고 언급하고 있다. '장소의 혼'은 단순한 물리적
공간을 넘어, 그곳에 담긴 시간, 기억, 그리고 정서를 포
함하는 총체적인 개념이기도 하다. 이처럼 시에서 시적
화자인 '나'가 직접 중개자가 되어 죽은 영혼을 굿에 초대
하고 동네 주민과 예술가를 굿판에 초청하는 이유 역시
무등이왓이 지닌 '장소의 혼'이 지닌 힘에 주목하기 때문
이다.

이때 시에서 '나'가 '장소의 혼'에 주목함으로써, 영혼
들을 인식하는 역할의 위계 설정이 독특하다. '나'가 굿판

과 조농사에 초대한 4·3 혼령에게 원하는 역할은, 농사 시작과 마무리 그리고 술로 발효시켜 이듬해 4·3 행사에 제주(祭酒)로 진설하는 전 과정을 주도적으로 이끌어주기를 염원하고 있다.

'나'의 진술에 따르면, 조농사 프로젝트에 동참한 예술 가들은 분시 없는(철없고 어리숙한) 존재이며, '나' 역시 밭농 사 이력이 없는 초짜이다. 하지만 영혼을 위로하고 '장소 의 혼'이 깃든 땅을 살리려는 의지를 피력하며, 영혼영신 님들이 조농사를 도와주기를 간절하게 희망하고 있다. 이 때 영혼과 예술가들이 협업하는 농사는, 삶과 죽음의 경 계가 무화하고 삶과 죽음이 혼재되는 축제와도 같은 행 사가 된다.

시인과 화가 그리고 소리꾼, 무용가, 사진가, 아코디언 연주자와 4·3 영혼 등 참여자 전원이 갖은 정성을 기울 인다. 소량이지만 수확한 좁쌀로 술을 빚고, 이를 항아리 에 담아 4·3 당시 피난처였던 인근 큰넓궤(4·3 당시 주민들 이 피신했던 동굴로, 무등이왓 인근에 소재한 동굴 이름)에서 항아리 에 담은 술을 발효시킨다. 그리고 빚은 술이 다 익으면 무 등이왓과 인근 학살지에 술을 뿌리며 원혼을 위로하는 행사를 갖는다. 또한 이듬해 4·3 행사 때 제주(祭酒)로 진 설기도 한다. 이러한 과정이 모두 시에 응축되어 있다.

이 시에서 독특한 점은 위로의 대상으로만 박제된 4·

3 영혼이 조농사를 짓는 생산적 주체로의 역전에 있다. 이 과정은 희생자의 영혼이 죽음에서 이탈하는 신생(新生)의 과정인 동시에 조농사 기획을 열린 축제의 장으로 확장시킨다. 기존에 행해진 '4·3 해원상생굿'이 심방(무당)을 중심으로 진행되었다면, 제주 안덕면 동광마을 '무등이왓 땅살림굿'은 시의 구성 방식과 주제가 확장되는 변곡점으로 작용하고 있음을 알 수 있다.

급하다는 전갈 받고
요양병원으로 차를 몰았다
아침 여섯 시 반

방금 전 돌아가셨수다

어머니는 구석 침대에 가만히
하얗게 누워 계셨다

어머니
하고 부르면
와시냐
하고 대답할 것만 같은데
어머니

어머니

울어야 하는데
정말 울고 싶은데
이상하다
눈물이 돌지 않는다

고마웠수다
흰 손 잡아드렸다

차지 않다

—「날혼」전문

    기존의 4·3 해원상생굿이 중개자인 심방(무당)을 통해 영혼과 조우했다면, 행사에 참가한 예술가와 동네 주민들은 농사 즉 흙을 매개로 '장소의 혼'과 '날혼'이 직접적 소통을 시도하고 있다. 이러한 정황은 이번 시집의 표제시 「날혼」에서도 읽을 수 있다. 시적 화자는 어머니의 임종을 지키지 못한 안타까움과 더불어 어머니의 손에 남은 따스한 온기로 어머니와 영혼의 대화를 나누고 있다. '날혼'은 제주어로 사망한 지 얼마 되지 않은 혼을 의미한다. 이 지점에서 김수열의 시 세계가 삶과 죽음이 뫼

비우스 띠처럼 혼융된 세계를 구축하고 있음을 알 수 있다. 4·3 영혼과 어머니의 영혼 모두 재생의 가능성을 지닌 영혼이기 때문이다. 죽음이 고착되고 부정적 단절이 아닌, 살아 있는 자와 죽은 자가 소통 가능한 축제의 장이며 '장소의 혼'이 서린 제주라는 장소는 영혼과 조우의 가능성을 지닌 잠재태의 성격을 지닌 장소가 된다. 이처럼 김수열의 시 세계는 희생자의 영혼이 위로의 대상으로 한정되는 것이 아닌, 산 자와 함께 농사를 짓고, 배려하고 화합하는 생성적 주체의 가능성을 부여한다는 점이다.

눈만 뜨면 곶자왈에 콘크리트 구조물이 들어서고/ 다시 눈을 뜨면 수술 자국처럼 한라산 허리에 도로가 생기고/ 또 눈을 뜨면 청정한 바다에 잿빛 삼발이가 물길을 가로막고/ 다시 눈을 뜨면 날개 다친 새들이 여기저기 흩어져 가쁜 숨 몰아쉬고

한라산을 빚고 스스로 섬이 된 설문대할망이 앓고 있다/ 갈래갈래 몸이 찢겨나니 마음도 시름시름 몸을 떠났다/ 넋이 났으니 넋을 들여야 하는데 돌아오는 길에서 그만 길을 잃었다/ 산도 바뀌고 물도 바뀌고 나무도 베어 없어지니/ 숨도 그때 그 숨이 아니다 컥컥 막힌다

굿이라도 해야겠다/ 혁명이 늪에 빠지면 예술이 앞장서야한다는/ 앞서 가신 어르신의 말씀을 굳이 빌지 않더라도/ 그림쟁이 글쟁이 춤쟁이 소리쟁이, 쟁이란 쟁이는 모두 모여/ 몸에 난 병 마음에 난 병을 치유하는 병굿을 해야겠다/ 죽은 땅을 살리고 죽은 바다를 살리고 죽은 나무를 살리는,/ 죽은 새들도 이리 와서 모여라, 모다 들어 치병의 환생굿을 해야겠다

하늘 배경으로 큰대를 세우고 동서남북 사당클을 매자/ 천지혼합 제이르는 **이승현**이 천지인왕 신자리다/ 불복의 산, 머리 없는 산머리는 **엄문희**가 서고/ 하늘길 발루는 댓잎 푸른 큰대는 **강문석**을 세우고/ 동서남북 사당클은 **고경대**를 매고 **부이비 김수오**를 매자/ 하늘 가운데는 휘영청 **김수범**을 달고/ 없는 듯 있고 있는 듯 없는 달빛 아래 외진 곳엔/ **제인 진 카이젠, 거스톤 손딩 큉**을 앉히자

바다 가운데는 **고승욱**을 띄워 어둠을 도리자/ 부정서정한 온갖 새들은 **김영화**가 도리고/ 어둠에 갇혀 길 잃은 새들은 **고길천**이 도리자

산을 가슴에 안고 오름을 마음에 담은 **이윤엽**이 저기 있다/ 오색 기메는 **홍진숙**을 달고 지전 살장은 **양미경**을 달자/ 이

승과 저승, 하늘과 땅 어간에 초신길을 닦자/ 이승 저승도 아닌 미여지뱅뒤엔 **강동균 이명복 이겸**을 세우고/ 바다 건너 섬 초입 올레 밖 삼도전거리엔 **강정효**를 세우자/ **그린씨**를 닮은 일만팔천 신들의 오리정 길엔 **양동규**를 놓고/ **김옥선**이 어화둥둥 비비둥둥 맞이하게 하자/ 물길로 오는 영신일랑 **박정근**이 맞이하게 하자/ 진광대왕에서 오도전륜대왕까지 열시왕 위패엔 **문정현**을 세우자

바당 표정이 섬의 얼굴이고 섬사람들의 마음이니/ 상단퀼 젯자리엔 바당을 앉히고 중단퀼 젯자리엔 곶자왈을 앉히자/ 하단퀼 젯자리엔 오름이며 사람을 앉히자/ 안 자리 깊숙한 자리엔 강정 구럼비를 놓자/ 구럼비 꽃자리에 **조성봉 홍보람**을 피우고 그 위에 **송동효**를 놀게 하자/ 상단퀼엔 부서지는 **노순택**을 앉히고 고요한 **김용주**를 앉히자/ 물속에선 **이성은**도 놀게 하고 젯자리 앞자리엔 **김영훈**을 앉히자/ 동백낭 아랜 **허은숙**을 놓고 아리따운 **고원종**을 놓자/ 중단퀼엔 먼저 가신 어머님 같은 **한상범**을 놓자/ **임형묵**에서 시작하여 **고예현**의 바당을 세우자/ 신의 얼굴 인간의 얼굴을 가진 **이유미**도 함께 세우자/ 곶자왈 굴헝엔 **고경화 허윤희**를 세우고 **김지은 이종후**를 다시 세우자/ 오름으로 가는 신들의 길은 **이지유**가 열고/ 여기저기 흩어진 뒷정리는 **홍덕표**가 제격이다/ 여기 신자리에 이름 올리지 못한 칭원한 넋들은/ 흰 종이에

흰 글씨로 백소지권장 올리니 하다 서러워 말자

  어디 보자 한 번 둘러보자/ 이제야 섬이로구나 섬다운 섬
이로구나/ 산이 살아 있고 바다가 살아 있고 사람이 살아 있
는/ 숨 쉬는 모든 것들이 시퍼렇게 살아 있는/ 신칼치마에 귀
신 잡는 칼이 없어도 이게 제주로구나/ 욕망에 허덕이다 우
리가 잃어버린 참 제주가 여기 모여 있구나/ 고운 밥 낭도고
리에 술을 꽂아 시믄 신냥 어시믄 어신냥/ 십시일반 나누고
오순도순 베풀어 여기까지 왔구나/ 둘러보니 이게 바로 자연
다운 자연이고 사람다운 삶이로구나/ 아하, 그렇구나 이게
우리가 살아야 할 삶다운 삶이로구나/ 사람 목숨만 목숨이
아니라 하늘에도 땅에도 바다에도/ 곶자왈에도 나무에도 지
푸라기 하나에도 다 목숨이 있구나/ 그들이 살아 숨 쉴 때 비
로소 내가 살아 숨 쉬는 거구나/ 내 숨과 그들의 숨이 둘이 아
닌 하나구나/ 그렇구나 이게 우리고 이게 제주로구나/우리
가 오롯이 물려줘야 할 제주의 가치로구나
                                —「십시일반十匙一飯」 전문

  김수열 시에서 공동체의 연대감이 가장 잘 드러나는
작품이 바로「십시일반(十匙一飯)」이다. '나'가 굿판에서
심방의 역할을 자처하는 이유는, 굿이 "치병"을 위한 "환
생굿"이기 때문이다. 제주가 "넋이 났으니(영혼이 빠져나갔

으니—인용자) 넋을 들여야" 한다고 강조하고 있다. 제주가 넋이 나간 이유는 "곶자왈에 콘크리트 구조물이 들어서고" "수술 자국처럼 한라산 허리에 도로가 생기고" "청정한 바다에 잿빛 삼발이가 물길을 가로막고" 있는 현실 때문이다. 또한, "날개 다친 새들이 여기저기 흩어져 가쁜 숨 몰아쉬고" "한라산을 빚고 스스로 섬이 된 설문대할망이 앓고 있"으며 "갈래갈래 몸이 찢겨나니 마음도 시름시름 몸을 떠"나고 있는 제주의 현안 문제 때문이다.

제주 전역으로 확장되는 개발 광풍은 제주의 아름다운 풍경과 소중한 삶의 터전을 파괴하고 있다. 이러한 제주의 현안 문제 타파의 한 방편으로 시적 화자는 '십시일반'의 정신을 강조하고 있다. 열 숟가락의 밥이 모여 밥 한 그릇을 만든다는 '십시일반'은 개인이 공동체의 연대감으로 나아갈 때 제주의 자연환경과 생명 보존이 가능하기 때문이다.

작품에서 '나'는 제주의 난개발로 "욕망에 허덕이다 우리가 잃어버린 참 제주"의 심각한 현안 문제를 타결하려는 예술가들의 십시일반의 힘을 강조하고 있다. 시에서 "혁명이 늪에 빠지면 예술이 앞장서야 한다", "그림쟁이 글쟁이 춤쟁이 소리쟁이, 쟁이란 쟁이는 모두 모여/ 몸에 난 병 마음에 난 병을 치유하는 병굿을 해야겠다"란 진술도 주목할 지점이다. 난개발로 파괴되는 제주의 땅과 귀

한 생명의 재생 의지가 "치병의 환생굿"으로 제시되고
있다.

이때 '나'가 예술가들의 이름을 하나하나 호명하는 이
유 역시, 십시일반의 정신과 상통한다. 상생과 공존의 화
두가 미래의 제주를 위한 중요한 치병의 덕목이기 때문
이다.

이와 같이 김수열의 시에서 굿의 시적 차용과, '나'가
굿의 집행자로 등장하는 작품의 공통점은, 제주의 현안
문제를 소재로 취할 때이다. 또한 구술성의 시적 장치를
통해, 제주가 당면한 현안 문제의 심각성을 고발하고 있
다. 김수열의 시 세계에서 차용된 굿의 제의 형식은 제주
인들에게는 모어(母語)처럼 삶의 과정에서 몸에 배어 있
는 습속이라 할 수 있다. 김수열 시인이 20대부터 마당극
공연 대본을 직접 창작하고 연출까지 했으며, 현기영 선
생의 「순이 삼촌」 오페라 극본 작업까지 성취한 시인의
이력을 염두에 두었을 때, 그의 시에서 이러한 시적 장치
와 구성은 당연한 수순일 터이다.

　　물마루에서 바람을 타고/ 갈치밭 자리밭 지나 탑동 원담
지나/ 동글동글 먹돌 겨드랑이 간질이며/ 또구르르 또구르
르 밀물져 왔다가// 해안 가득 하얀 포말 풀어놓고 다시/ 또
구르르 또구르르 썰물져 가는/ 저녁놀이 숨 막히던 그 바당

은 어디로 갔나// 먹보말 돌킹이 조쿠쟁기 물토새기 구살 오
분작/ 보들락 코생이 어랭이 객주리 물꾸럭 각재기// 불러도
부르고픈 구수한 것들은 모두 어디로 갔나// 돗줄레 삐쭉이
스프링조쟁이 돌붕어 줄락탁/ 뻴레기똥 심방말축 동녕바치
똥깅이 뽕똘// 불러도 대답 없는 그리운 벗들은 지금 어디에
있나// 이레착 저레착 바람은 돼싸지고/ 싸락싸락 겨울비는
헤싸지고/ 중환자실 목숨처럼 바당은 아무 말이 없고

―「겨울, 탑동」전문

「겨울, 탑동」에서도, 제주의 현실은 "중환자실 목숨"
같은 "바당"으로 묘사되고 있다. '나'에게 유년의 제주 바
당은 "동글동글 먹돌 겨드랑이 간질이며/ 또구르르 또구
르르 밀물져 왔다가/ 해안 가득 하얀 포말 풀어놓"던 유
토피아적인 아름다운 "바당"이었다. 그 바당은 제주인에
게 "먹보말 돌킹이 조쿠쟁기 물토새기 구살 오분작/ 보들
락 코생이 어랭이 객주리 물꾸럭 각재기"등의 생선과 고
동, 게, 성게, 전복 등 해산물을 아낌없이 내어주던 풍요
로운 바당이었다. 그리고 '나'는 "저녁놀이 숨 막히던" 어
머니와도 같던 바당에서 유년 시절에 친구들과 소중한
추억을 만들었다. "돗줄레 삐쭉이 스프링조쟁이 돌붕
어 줄락탁/ 뻴레기똥 심방말축 동녕바치 똥깅이 뽕똘"과
같이 우스꽝스럽고 장난기가 담긴 친구들의 별명을 부르

며 시간을 소요하던 자궁과 같은 축복의 공간이었다. 하지만 현재의 제주는 난개발로 인하여 자연환경은 물론이고. 유년기의 친구들마저 부재한 "중환자실의 목숨처럼" 상처 입은 곳이다.

하지만 시인은 이 시집에서 학살의 상흔과 공권력의 폭력 그리고 개발로 파괴된 제주의 문제점만을 다루고 있지는 않다. 이러한 상처를 보듬고 제주의 정신을 복원하는 힘을 과거 제주의 공동체 문화와 '장소의 혼'을 통해 극복하려는 의지를 피력하고 있다.

「갈칫국」과 「불알시계」, 「납일」과 「파제가 있는 풍경」 그리고 다수의 시편에서 제주의 농경문화와 음식문화, 제사문화를 통해 제주 공동체의 습속을 서정적으로 묘사하고 있다. 음식문화와 제사문화, 민간 치료 요법 등의 제주의 과거 생활사를 소환하는 이유는 제주라는 특별한 '장소의 혼'으로 상처를 회복하기 위해서이다. 제주 사람들의 삶이 자연과 융합된 유기적 존재임을 자각하는 동시에 제주가 지닌 '장소의 혼'을 복원하는 일이기 때문이다.

돗거름 내는 날이면 어머니는 으레 갈칫국을 끓였다/ 책 보는 사람 찾아가 택일을 하고/ 동네 남정네들이 와서 수눌어 돗거름 내는 날이면/ 토막 낸 갈치에 늙은 호박 투박투박 썰어/ 새벽 조반부터 갈칫국을 끓였다// 동네 삼춘들이 갈중

이 차림으로 집에 오면/ 아버지와 삼방에 둘러앉아 갈칫국을
먹었다/ 담요로 정성껏 싸맨 항에서 오메기술 꺼내고/ 국사
발마다 두툼한 갈치 한 토막이 들어간/ 갈칫국을 먹는 동안
// "아이덜은 궤기 안 먹는 거여"// 어린 우리는 반지기 낭푼
밥 앞에 놓고/ 정지에 멜싹 앉아 어머니와 갈칫국을 먹었다/
갈치 없는 갈칫국을 먹었다// 얼른 커서 통시에 돗거름을 내
고 싶었다/ 삼방에 앉아 오메기술에 갈칫국을 먹고 싶었다/
두툼한 갈치가 들어간 갈칫국을 먹고 싶었다/ 빨리 어른이
되고 싶었다

—「갈칫국」 전문

　　시간 몰라 난처한 때는 제삿날이었다/ 설상(設床)이야 그
럭저럭 해 그물어 차리면 그만이지만/ 문제는 파제(罷祭)였
다/ 지들커로 화식하던 시절이라/ 때가 되면 메 앉히고 갱을
데워야 한다// 작은 방에 설상을 하고/ 상주며 궨당들은 소
반 받아 음복을 하고/ 기다림에 지친 어린 것들은 소랑소랑
삼방에 잠이 들고// 제상을 지키던 아버지는/ 잔부름씨하다
꼬닥꼬닥 조는 어린 것을 깨우고는/ '밖에 나강 보라, 북두성
꼴랭이가 어디 시니?'/ 마당에 나온 어린 것은 덜 깬 눈으로
하늘을 보다가/ '예, 동펜이 울담 먹구슬낭에 거러졌수다'//
아버지는 헛기침으로 주변을 깨우고는/ 정지에 대고 낮고 길
게 한 마디 하셨다/ '어어이'// 그로부터 몇 해가 지났을까/

'아무개 조합장 기증' 불알시계가 떡 하니 걸려/ 또깍또깍 꺼떡꺼떡하면서부터/ 어린것에겐 별 볼 일 대신 다른 볼 일이 생겼는데/ 새벽 밭 나서기 전, 아버지는 잠결에 대고 한 말씀 하셨다/ '시계 밥 주는 거 잊어불지 말라'

—「불알시계」전문

　어른들은 제 지내러 향사에 가고/ 어린것들은 어머니가 정지에서 엿 고는 걸/ 늬치름 질질 콧물 줄줄 흘리며 지켜본다/ 흐린좁쌀밥 보따리에 싸 물 섞어 문대기면/ 노리끼리 좁쌀물 우러나오고 거기에 보리골 섞어/ 가마솥에 넣어 나무 주걱으로 살살 저어 끓이면/ 특별한 날 제상에 올라가는 감주가 되고/ 그걸 밤새낭 끓여주면 끈적끈적 엿이 된다/ 닭 넣으면 닭엿/ 꿩 넣으면 꿩엿// 싸락싸락 눈발 내리면 형들은 참새를 잡는다/ 눈 살짝 깔린 마당에 좁쌀 뿌리고/ 체에 자그마한 작대기 세워 비스듬히 눕히고/ 작대기엔 실 묶어 안방으로 연결하고/ 형들은 방 안에서 창호지에 붙은 손바닥만 한 유리창으로/ 군침 꼴깍 뚫어져라 마당을 본다/ 조조조조 좁쌀 먹으러 참새들이 체 안으로 모여들고/ 이때다! 실을 확! 당기면 작대기 핑! 튕겨나가고/ 체, 탁! 엎어지면서 참새가 잡힌다 조조조조// 털 벗기고 화롯불에 올려 오독오독 구워 먹는데/ 싸락싸락 눈발이 흩뿌린다/ 납일 전 세 번 눈이 와야 이듬해 풍년 든다는데/ 싸락싸락 눈발이 흩뿌린다

　　본향집 식곗날 자시 파제 기다리면서/ 삼방에 누워 먹다
가 졸다가 졸다가 먹다가/ 모도리적에 얹혔는지 약밥에 체했
는지/ 낯빛 파래지고 끙끙 배앓이를 했다// 우리 손지, 이래
왕 누우라보저// 풍년초 둘둘 말아 입에 문 작은할아버지가
/ 덩드렁마께 같은 손바닥을 어린 배 위에 올려놓고// 삼신
하르방 손이우다 체 내리와줍서/ 삼신하르방 손이우다 체 내
리와줍서// 지그시 눌러 스윽스윽 손을 놀리면/ 배앓이 하던
어린것은 언제 그랬냐는 듯/ 할아버지 품에서 까무룩 잠이
들곤 했다

　　「갈칫국」은 "돗거름 내는 날"의 풍경을 정겹게 묘사하
고 있다. "돗거름"은 과거 제주에서 돼지를 키우던 통시
(화장실) 바닥에 깔아둔 짚이, 돼지 분뇨와 잘 섞이면서 만
들어진 비료다. 어머니는 이날 집에 일하러 오시는 "동네
삼촌들"(어른들)을 위하여 두툼한 갈치를 토막 내고 잘 익
은 샛노란 늙은 호박을 넣고 갈칫국을 끓인다. "돗거름 내
는" 일은 농사에 필요한 거름을 만드는 중요한 행사이기
에 집안 어른들은 점집에 가서 길일을 받아오곤 했다.
　　"돗거름 내는 날" 동네 남자 일꾼들이 대접받는 갈칫

국은, 소년들에겐 상징적인 음식이었다. 김이 설설 오르는 맛난 갈칫국과 오메기술이 가득 부어진 술잔이 오가는 삼방에서, 어른들 틈에 끼여 함께 먹을 수 있다는 것은, 곧 밥값을 할 만큼 어엿한 남자라는 것을 의미한다. 소년들에겐 마치 성인식 행사와도 같은 이 날에는, 어머니가 준 살점이 없는 갈칫국을 먹으며 얼른 어른이 되고 싶은 아이의 욕망이 서려 있다. 이 흥성거리는 풍경은 곧 제주만이 지닌 생활 습속으로 음식문화와 농경문화의 단면이 잘 나타나고 있다. 시에 등장하는 "갈칫국"은 단순한 음식이 아닌 제주의 농경문화와 공동체 정신을 반영하는 상징적 요소라 할 수 있다.

「납일(臘日)」과 「불알시계」 역시 제주의 제사문화를 통해 제주의 정체성인 토포필리아를 소환하고 있다. 또한, 「파제가 있는 풍경」 역시 제주의 제례문화를 그 중심에 다루어 아름다운 추억을 소환하고 있다. 그중 '납일'은 독특한 세시풍속으로 아름다운 추억으로 가득 찬 절기이기도 하다. 예전부터 납일에 내린 눈은 약으로 쓰일 만큼 귀한 대접을 받아왔다. 납일에 내린 눈을 항아리에 가득 담아두고 눈 녹은 물로 환약을 만들어 바르면, 눈병이 있는 사람들이 큰 효과를 보았다고 한다. 또 이 물을 책이나 옷에 바르기도 하는데, 책이나 옷에 좀이 슬지 않는 효과 또한 볼 수 있다고 한다. 게다가 김장독에 넣으면 김치의 신

선한 맛을 오래 보존하기도 한단다. 그리고 시에 나타난 풍경처럼 엿을 고으기도 하는데, 아이들은 니치름(침)을 흘리며 입안에 퍼질 달큰한 엿맛을 목을 빼고 기다리는 날이기도 했다.

「불알시계」에서는 북두성의 위치로 제사의 파제 시간을 가늠하던 전통 방식에서, 시계라는 근대적 산물의 도입으로 변화하는 제주의 근대화 과정을 보여주고 있다. 「파제가 있는 풍경」은 '식겟날'(제삿날) 손자와 할아버지와의 정겨운 추억담을 다루고 있다. 손자가 제삿날 많은 음식을 먹고 급체하면, 할아버지가 배앓이를 하는 손자를 앞에 눕히고 마치 덩드렁마께(주로 곡식을 찧을 때 쓰는 방망이의 제주어) 같은 투박하고 큼지막한 손으로 삼신하르방에게 "체 내리와줍서"(체한 음식이 잘 내려가도록 해주세요)라고 기원하는 내용이다. 배앓이를 하는 손자가 할아버지의 투박하고 정성스러운 손길로 치유되는 내용은 곧 제주의 전통적 지혜와 돌봄의 문화가 제주의 정신으로 계승되고 있음을 보여주고 있다.

이처럼 김수열 시에 등장하는 제주의 전통적인 식문화와 농경문화 그리고 제례문화는 제주의 사람과 자연과 대지가 빚어낸 결정체이며, 공동체 정신이 녹아 있는 '장소의 혼' 그 자체라 할 수 있다. 김수열 시인의 시 작업이 소중한 이유도 바로 여기에 있을 것이다. 제주도라는 특

정 장소의 비극적 상흔과 문화적, 언어적 특성을 살려 제
주가 지닌 과거의 비극적 상흔이 내포한 힘을 '십시일반'
의 역동성으로 전환하는 데 있다. 이를 통해 제주의 고유
한 정체성을 복원하려는 의지를 선명하게 보여주고 있다
는 점이다.

날혼

초판 1쇄 발행 | 2025년 2월 28일

지은이 | 김수열
펴낸이 | 황규관

펴낸곳 | (주)삶창
출판등록 | 2010년 11월 30일 제2010-000168호
주소 | 04149 서울시 마포구 대흥로 84-6, 302호
전화 | 02-848-3097
팩스 | 02-848-3094

ⓒ 김수열, 2025
ISBN 978-89-6655-187-3 03810